目次

CONTENT

05 她假裝不認識我
19 她老是說自己認識我
29 我們的春天
45 我的人生彷彿走在一有失誤就會旋即墜落的鋼絲上
59 花落之處發芽的綠色嫩葉是花兒的眼淚
73 拼圖板中的孩子
85 我想離家出走
103 我想砸碎我的頭
105 活著
119 在我身上到底發生了什麼事情呢

133 在她身上到底發生了什麼事情呢
147 妳沒有發生過任何事情
161 身處陌生之地的她
175 地下的伊卡洛斯
191 不是我的錯
213 火車開往的地方
231 另一個我
249 大海的伊卡洛斯
269 作者的話　獻給有真與有真

她假裝不認識我

在新學年第一天的走廊上，能聞到灰塵封藏了一整個假期的味道，但是在同學們的喧鬧聲中，這種氣味悄無聲息地消失得無影無蹤，同學們嘰嘰喳喳的聲音簡直像數千隻麻雀群齊鳴一般，別說是灰塵，就連學校的屋頂都幾乎要被掀翻了。

開學典禮結束後，同學們從操場上湧進了教室，在大家的臉上已然找不到一年級宛如剛剛升起的太陽般天真爛漫的模樣。同學們制服的袖口略微破損，裙子屁股的部分也漸漸打磨得光滑，這些痕跡在在印證了大家已經升上了二年級。如今，大家儼然成了識途老馬，再也不會被學校的任何鬼故事和傳說嚇到，也不會為老師的警告和體罰所屈服。

這群孩子裡也包含了我——李有真和尹素羅。素羅和我在六年級與國中一年級是同班同學，接著升上了二年級也在同一個班級裡，身為彼此的姊妹淘，我們在兩個人獨處的時候都會叫對方「真真」、「尹尹」。

同學們的身體在一年間一下子長大了許多，校服都已經不太合身了，對於像我這樣的孩子而言，應該說制服就如同縮水了一樣，因為趕不上長高的速度，所以皮膚到處都長出了紋路，我之所以不把裙子的腰身摺起來穿，純粹是為了遮住膝窩那堆長得跟蜘蛛網一樣的痕跡。

有時候，爸爸會露出燦爛的表情對我說：「我們家女兒就像棵楊樹一樣，長得可真高啊！」但是每次聽到這番話，媽媽就會咂嘴說：「只有個子高有什麼用？言行舉止離懂事還差得遠呢。」或許是因為自己兒子亨鎮的個頭比同年齡的孩子矮了一截，所以看到我長得高就倍感不順眼吧。亨鎮這小子總是動不動就嘲笑我，說我是「傻大個兒」，每次聽到這句話，我也會不甘示弱地反擊說：「你這個小矮人，在我把你一口吞掉之前，你最好給我滾開。」

「真真，聽說我們班導出的作業超多的。」

不知道什麼時候，素羅已經透過簡訊從她的姊姊那裡打聽到了有關我們新班導的資訊，寶拉姊姊今年剛從我們學校畢業，正在參加高中的入學典禮。

在升上六年級前夕的寒假[1]，我們家搬到了現在住的社區，雖然非常捨不得離開一直以來生活的社區，不過我也才十二歲，決定權並不在我。儘管中籤買到了新公寓，但是因為手頭缺錢，所以不得不以全租式[2]先租給別人兩年。我苦苦哀求爸爸和媽媽等到小學畢業再搬家，但是他們徹底無視了我的請求，反倒還對我說，如果想在不需要轉學的情況下升上國中，現在就是搬家的最佳時機。

或許是留在前一間學校那五年的回憶使然，我對新學校沒辦法產生任何感情。當時有一個同學與我成為了朋友，那個人就是素羅，後來我們被安排到了同一所國中，更幸運的是，我們也繼續被分在了同一個班級裡。我是兄弟姊妹中的老大，素羅則是三兄妹裡的老么。

素羅的哥哥今年上大學，姊姊也升上高中，所以她就像看開了人生的上帝視角一樣。素羅的夢想是成為一位小說家，或許是因為讀了很多書，所以知道的事情自然也比我多，尤其是對於男性身體上的生理特徵，我敢肯定她比我們班上那些小混混們有更深入的了解。

1 譯註：與臺灣的九月入學不同，韓國的新生入學季爲每年三月。
2 譯註：韓國特有的租屋形式，房客會預先繳交一筆高額保證金給房東，入住期間不需負擔任何租金，合約期滿後可以再拿回保證金。

在一年級時，我們曾經在工藝與家政課上學過青少年在青春期會發生的變化，當我們屏氣凝神地傾聽諸如夢遺之類關於第二性徵的說明時，素羅卻始終表現出一副忍不住打哈欠的樣子，表情好似她就是自己那養了三兄妹的媽媽，或許正因為如此，我才會總是把個子比自己矮的素羅當成姊姊一樣。在寒假期間，素羅的胸部和屁股都開始適度地膨脹，與只有個子高，身材卻癟得乾巴巴的我比起來，她看起來成熟多了。素羅一直在和寶拉姊姊傳訊息，與十三歲的弟弟沒有任何共同語言的我，非常羨慕會為了衣服、包包和鞋子等事情吵吵鬧鬧的素羅家姊妹。

班導師走進來了，老師的名字跟我一樣沒有什麼個性，相貌也普普通通。依照班導的指示，我們站到走廊上按身高順序排成了一列，這是為了決定學號，每個班級的同學們也都紛紛蜂擁而出，走廊裡頓時因為喧鬧聲而變得亂哄哄的。此時走廊裡已經沒有灰塵的味道了，取而代之的是十五歲少女們散發出的清新而稚嫩的乳液香氣。

為了和素羅坐在一起，我不得不大幅彎下膝蓋，但是按照學號順序排座位只適用於老師記住全班同學的名字之前，至於往後座位要怎麼安排，就完全是老師的權限了，只能希望班導不要濫用權限，要求同學們按照成績高低來排座位。

素羅是三十一號，我是三十二號，二年六班三十二號，縮寫成「二六三二」，就是我這一年的代號。我們重新走進了教室，按照號碼順序坐在位子上。當然其他同學也像素羅和我一樣，把重點放在了友情而不是身高上，所以座位與最初相比也沒有什麼太大的變動。

老師一邊著手確認號碼和名字，一邊記錄在文件上，就這樣，我們的點名簿完成了。同學們只有在點到自己的時候才會回過神來報上自己的名字，點完名後又馬上開始忙著吵鬧，有的同學甚至因為太專心聊天，所以自己的號碼被老師點了好幾次都渾然不知。我和素羅的號碼比較靠後，於是我們就放心地聊起了天來。儘管我們在放假期間三不五時就會互相去對方的家串門子，分開的時候也開著通訊視窗，時時刻刻都在細心呵護著彼此的友誼，但是依然有說不完的話。

「三十二號！」

在素羅報上了自己的名字後，接著就輪到我了，第一次與班導四目相交，我盡可能地帶著一副恭敬和純真的表情報上了名字，但是老師沒有看我的表情，而是轉頭翻看了一下文件。

「李有真？前面好像點過了……。」

這的確不是什麼稀奇的事情，自從我開始上學，一腳踏入學校這個社會之後，已經遇到過好幾個有真了。根據爸媽的說法，為了跟上全球化時代的潮流，他們想要幫我取一個人在國外也不會感到尷尬的名字，所以才絞盡腦汁取了這個名字，我對於爸媽這樣的心態沒有任何意見，問題在於並不是只有我家父母有這種想法，所以名叫有真的人隨處可見。

我沒有打算迎合父母為我取這個名字的期望，在國際上昂首闊步，畢竟我根本捨不得離開我家東赫哥哥所在的這片土地，從這個角度來看，我這個一生肯定只會在國內使用的名字顯然就是失敗的作品，如今這個後果就擺在眼前。

「李有真！」

老師歪了歪頭，又叫了一遍我的名字，結果最前排有一個和我同時回話的同學轉過頭來看了看我。雖然有真這個名字很常見，不過連姓氏都一樣的同班同學，我倒是頭一次遇到。然而，在和這個同學又大又圓的眼睛對視的瞬間，我的心頭湧上了一股似曾相識的感覺。我們一定有見過面，是在哪裡來著，啊，是在哪裡呢？我的腦海裡突然閃過一道亮光，對了，還有一個叫李有真的！是上過同一間幼稚園的同學，她的眼睛又大又圓，身材又瘦又小，看起來像個洋娃娃一樣，那個同學被叫做小有真，而我則被叫做大有真，另外一個李有真肯定就是那個小有真。但是此時，那個同學卻面無表情地把頭轉了過去。

我對於這場意料之外的邂逅感到無比驚訝，所以目不轉睛地盯著她的後腦勺，我記得自己曾經問過媽媽「為什麼我的眼睛不像小有真的眼睛那麼大」，這份記憶還恍如昨日般歷歷在目。

「連姓氏都一樣啊，那麼該怎麼區分才好呢？要叫李有真A跟B嗎？還是要加個編號呢？」

老師話音剛落，同學們就哈哈大笑了起來，雖然我一下子就想起來了，但是小有真好像沒有認出我。也對，她大概是記不得了，畢竟我也變得更漂亮了一點，我最近從身邊的人那裡最常聽到的一句話就是「妳變得好漂亮」，難道不是嗎？我如此安撫著自己那份自尊心差點受傷的情緒。

「就叫小有真、大有真吧！」

這句話是我說的，也是在試探她「難道這樣都想不起來嗎」，小有真再次回過頭來看我，我對她笑了笑，但是小有真依然面無表情，逕自把頭轉了過去。

「也對，這樣子比較好，妳也覺得叫小有真不錯吧？」

老師向小有真如此問道，她似乎也用表情表示了同意，於是區分兩個有真的方法就這麼決定了。

「尹尹，小有真之前跟我上過同一間幼稚園。」

我連忙對素羅這麼說，這在我們之間就足以成為一大話題了。

「真的嗎？看來人家說世界很小是真的啊！妳明明都搬家了，怎麼還遇得到幼稚園同學？」

「就是說啊，當時也是我叫大有真，她叫小有真。」

「妳們關係好嗎？」

素羅的目光透露出警戒的神色，從那個眼神可以看出來，她是想要守護我們的友情，對我來說，這是重新見證我們友誼的時刻。

「也還好，她以前是公主型的，不是有些女生會穿鑲著珠子的連衣裙和帶蕾絲的襪子上學嗎？她以前就是那種類型。」

但是當時我們綠綠班的男生大家都想和小有真結婚，還記得有一次去遠足的時候，我心儀的尚敏哭哭啼啼地說要和小有真牽著手一起走。雖然是小時候的事情，但是現在想起來，內心還是像在傷口上撒了鹽似地隱隱作痛，因為這就是我單戀之路的起點。

「總而言之就是個超級討厭鬼吧？妳們後來沒有上同一間小學嗎？」

素羅如此問道。

「因為小有真出了一些事情……」

我不知道那應該算是一件事情，還是一場事件，因為那件事情被刊登在報紙上，也成了新聞，我們甚至還被叫到了警察局。我沒有繼續說下去。

「事情？什麼事情呀？」

素羅的眼睛如同夜光棒一般閃閃發光。我與素羅之間是沒有祕密的，因為我們兩個人都相信，對於彼此了解的程度就和友情的濃度成正比，但即使有友誼的加持，我也不打算把那件事情從記憶裡翻出來，對我來說，那件事情就像膝蓋上的傷疤一樣，明明受傷了，卻已經不記得是在何時何地受傷的。

「也不是什麼大不了的事情，反正後來小有真幼稚園讀一讀就搬家了，在那之後就沒有再遇過了。」

在事件的漩渦中，最先脫身的就是小有真。她跟幼稚園時長得差不多，沒有多大的變化，所以我一眼就認出了她，現在我們又坐在同一間教室裡，這實在是太神奇了。此時素羅欲言又止，端正了自己的坐姿，因為班導已經完成了到四十號為止所有的確認工作，正在用教鞭敲打著講桌。

「二年級就像是三個兄弟姊妹當中的老二，老大呢，因為是最大的孩子，所以往往會受到家人的關注與期待，老么呢，因為是最小的孩子，所以會獲得家人的寵愛，但是老二夾在上下兩者之間，父母的愛與關注也得要靠自己去爭取。」

「老師您怎麼會這麼了解呢？」

有人插嘴問了這麼一句，老師笑著說道：

「因為我就是家裡的老二。」

聽到這句話，全班同學再次被逗得哈哈大笑。然而，老二往往也不能理解老大的痛苦，媽媽會藉由愛的名義，拿著放大鏡干預老大的一舉一動，要忍受這點可是老二所無法體會的。

「我家姊姊也一天到晚嘟囔著同樣的話。」

素羅笑著對我這麼說。老二們大概真的不知道，自己擁有自由是多麼幸福的一件事。

「一年級由於是新生，所以通常會備受寵愛，而身為考生的三年級因為要準備升學考試，所以往往會獲得禮遇，相較之下，二年級就幾乎得不到什麼關注和禮遇。但是二年級對於各位將來的人生來說，可是一個非常重要的時期，因為你度過二年級的方式，將會直接決定你五年後的未來。」

五年後，指的就是大學入學季，每次聽到大人說的這些話，就會覺得我們好像是為了上大學才出生在這個世界上一樣，要是不讀大學，或者考不上父母期望的學校，就成了沒能發揮自身價值的人。原本還期待這次的班導可能會有所不同，但果然還是和其他大人沒什麼兩樣。

選出臨時班長以後，老師幫我們分配了打掃區域。一跟老師敬禮完，我就走到小有真身邊，畢竟先認出對方的人是我，所以我應該要主動跟她裝熟才對，我相信只要講出幼稚園的名字，她肯定就會認出我了。

「小有真！」

第一個叫她小有真的人，竟然是身為大有真的我，同學們紛紛笑成了一團。小有真抬起頭，用一種不耐煩的表情盯著我看。

「喂，妳不認得我了嗎？」

此時，同學們開始津津有味地觀看兩個有真的第一次對話，而小有真依然露出一副「這個人到底是誰啊？」的表情。

「妳以前沒有上過幼苗幼稚園嗎？」

小有真的表情絲毫沒有任何變化，到了這個地步，就連身為大有真的我都開始懷疑起自己的記憶力了。

「看來她好像不是。」

素羅拉了拉我的衣角這麼說，我不甘心，於是聲音也開始帶有攻擊性。

「喂，妳家以前不是住在蓮池洞嗎？」

小有真的表情像是在聽外語似的。對了，我又想起來了，有一次我還去過她家，被邀請去參加她的生日派對。

「妳辦生日派對時我也有去過，我當時還送妳美美魔法棒當禮物，妳不記得了嗎？」

當時最受歡迎的漫畫電影主角隨身攜帶的魔法棒，是每個女生都渴望擁有的玩具。我纏著媽媽幫我買了一根，後來姑姑又幫我買了一根，當時正好碰上小有真的生日，所以媽媽就幫我把其中一根包裝得像新買的魔法棒一樣，要我拿去送給小有真。我之所以記得這麼清楚，是因為小有真的媽媽把我帶到臥室裡，問了我那件事情。即便如此，小有真的表情看起來還是完全沒有認出我來。

我漸漸覺得自尊心有點受傷，雖然在這之前我也沒有認出她來，但是自從看到小有真的那一刻開始，我的腦海中就浮現出了當時的記憶，就像只要用力一拉，就會接二連三蹦出來的地瓜一樣，然而這些記憶卻被對方徹底否定了。

「你好像認錯人了，我上的幼稚園是兒童英語學院，現在妳可以讓開了嗎？我要去打掃了。」

面對我的提問攻勢，以及圍觀同學們充滿好奇的眼光，小有真絲毫沒有動搖，說完這句話後，她就離開了自己的座位。

「兒童英語學院？她以前住在美國嗎？」

我一邊聽素羅講話，一邊呆呆地望著她的背影。

「李有真，看來妳大概是弄錯人了。」

一年級跟我同班的善珠如此說道。

「不對，她的臉跟名字都一模一樣。」

「妳不是說是讀幼稚園的時候嗎……那就是七、八年前了，當時的臉到了現在怎麼可能沒有一丁點變化呢？」

聽到某個人這麼說，同學們也紛紛應聲散去。我的心情格外低落，就像是在考試中答錯了自己明明會寫的題目。

我和素羅負責的打掃區域是走廊上的玻璃窗，在走過去的路上，素羅邊走邊說道：「真真，會不會是這種情況？她們本來是一對雙胞胎，從小失散了以後，其中一個人被有錢人家領養，妳認識的那個公主型有真，就是去了有錢人家的有真。妳覺得我這個想法怎麼樣？」

這種劇情就跟素羅上傳到網路上的小說內容如出一轍，過去我總覺得這種設定不太現實，但是現在聽起來，這樣的解釋還真的有點說服力，畢竟如果素羅編的故事是錯的，那她怎麼可能長得那麼像，卻又認不出我呢？但是在我的記憶中，小有真的家應該算不上是有錢人，因為我們居住的社區本來就不是那麼富裕的社區。總而言之，我還是不能接受這個事實，她怎麼可能不是幼稚園時的那個小有真呢？

她老是說自己認識我

補習班校車停在公寓社區門口，我走下了車，在路燈的照耀下，我的影子被拉得好長，一整天的行程就快要結束了，此時無論是自己的步伐，還是背在背上的書包，甚至是內心和眼皮，沒有一樣不使我感到沉重，就連影子都像是我得要用力拖著走的行李一樣。

看到自己長長的影子，我突然想起了那個幫我取小有真這個名字的同學。我們班上還有一個李有真，從小到大，我遇過好幾次班級裡有另一個人叫有真，但是連姓氏都一樣還是第一次碰到。她厚著臉皮決定了大家要怎麼稱呼我們，我叫小有真，她自己叫大有真。明明她只不過是個名字跟我一樣的同學而已，其他的一切肯定都天差地遠，但是她卻說自己認識我，嚷著我第一次聽到的幼稚園和社區的名字，甚至還說起什麼生日派對，逼問我是不是她認識的那個同學。她似乎堅信我就是她那個同學，真是個奇怪的人，我長長的影子彷彿化身成她一般向我搭話。

「喂，妳不就是那個小有真嗎？」

她一臉無可奈何的表情，就像是我在翻臉不認帳似的，看她那麼自信滿滿的樣子，難道是有什麼我不記得的事情嗎？我得要問一下媽媽那個同學說的社區和幼稚園的名字，但是此時我已經想不起來那些名字叫什麼了。

電梯停在十二樓，住在對面的老夫婦很少在晚上出門，所以有很大的機率是我們家的人剛剛使用過，看來爸爸似乎已經回家了，我的讀書時間總是比在公司當老闆的爸爸工作的時間還長。我看著電梯一層層下降，門開了，每天這個時候幾乎都是我一個人搭電梯，所以我時常覺得，大大敞開的門就像準備把我一口吞掉的巨大怪物張開的大嘴，就算我被怪物那鋒利的尖牙撕得粉碎，也不會有任何人來救我。小時候只要一想到這些，確實會感到非常害怕，但是現在的我反而對於這種想像樂在其中，畢竟能夠幫助我擺脫恐懼的唯一方法，就是想像一些比怪物要做的行為更加恐怖的情景。就這樣，怪物安然無恙地把我吐在了十二樓的我家門口。

按了按電子密碼鎖，我打開家門走了進去，爸爸正好洗完澡走到客廳。

「我回來了。」

廚房裡傳來了榨汁機的聲音。

「妳回來啦？」

爸爸一坐在沙發上，媽媽就端來了剛剛榨好的果菜汁，放在旁邊的牛奶則是給我的。我一邊喝著牛奶，一邊連同原本想問媽媽的問題一起嚥了下去，畢竟媽媽現在要伺候下班回來的爸爸，大概沒有餘力搭理我，只要放學回家可以喝到一杯準時遞過來的牛奶，我就該知足了。

媽媽可以照顧我的時間少之又少，因為家裡還有九歲的有善和八歲的有美，而且奶奶也住在隔壁社區，媽媽三不五時就得要去探望和服侍她。奶奶現在跟小姑姑住在一起，姑姑本來在結婚之後和老公一起去留學，不過後來一個人先回國了，但是就算有姑姑在，似乎也不能減輕媽媽的負擔，反而讓她多了一個需要伺候的人。我唯一獲得媽媽關注的機會，只有在拿到成績單或獎狀的時候，不過我認為這是理所當然的，所以也沒有絲毫的不滿。

走進房間，我把掛在背上宛如駝峰般的書包放了下來，明明在學校和補習班也都有把書包卸下來，但是感覺就像扛了一整天的書包一樣。正準備換衣服時，我的視線停留在了書櫃的相簿上，於是我拿出幼稚園時的相簿，一屁股坐在了床上。我以前讀的兒童英語學院是一間英語幼稚園，發表會的場面、露營的情景、萬聖節的慶典、畢業照片，全都井然有序地排在了一起。我仔細地端詳照片中的每一個同學，當時我們都用英文名字，我的英文名字叫做黛安娜，當然，那個同學——大有真並沒有在裡面。明明我讀的就不是她口中所說的那間幼稚園，但我還是抱著一絲的可能性翻開照片來看，真是讓人哭笑不得，我不可以再為這種沒有意義的事情傷腦筋了，反正只要等到明天，那個同學肯定會跟我說：「是我認錯人了，對不起。」

第二天，我在校門口碰見了大有真，她旁邊還有一個同學，她們昨天好像也待在一起，我不太喜歡那種成天跟某人黏在一起的人，因為愈是這樣的孩子，愈是缺乏自己的主見，而且對於藝人的私生活或電視節目之類的事物瞭若指掌，甚至引以為傲，要是有時間浪費在那種東西上，還不如多背一兩個英文單字或數學公式呢。

「小有真！妳應該想起我來了吧？」

她好像慢了一拍才看到我，跑過來我的身邊，滿臉確信地如此問道，我本來想把昨天翻看的相簿當作證據拿給她看，但是想一想還是算了，我不想透露自己被這種離譜的事情牽著鼻子走的事實。然而，她又是那麼親暱地叫我「小有真」，彷彿有種從很久以前就聽過的感覺。從校門口到教學大樓的路大概有一百公尺，還有點坡度，斜坡上有個看臺，下面就是操場，我並沒有放慢腳步。

「喂，妳耳朵聾啦？為什麼不回答呢？」

她旁邊的同學帶著調侃的語氣如此插嘴說道。她該不會是小混混吧？但是從她的穿著打扮看起來倒也不像。就像我把電梯想像成怪物一樣，我開始想像自己被拖到學校後面挨揍，身上的錢被洗劫一空的場景。

「我昨天就已經回答過了，就．說．我．不．是！」

我一個字一個字強調了後面的那句話。

「妳真的不記得了嗎？妳是不是因為曾經遇到什麼事故，所以才得了失憶症？」

她說著說著，用一副深表同情的眼神注視著我。

「不然還有另一種可能性，妳該不會是雙胞胎吧？有真看到的妳或許不是妳，而是妳的雙胞胎姊姊或妹妹，是不是這樣？」

這個同學戴著叫做尹素羅的名牌，她竟然編出了如此幼稚的情節，於是我猛然停下腳步。

「妳們兩個人難道就這麼無聊嗎？我都說我不是了，妳們還硬要纏著我不放，到底是想要做什麼啦！」

我不由自主地拉高了嗓門。

「不是就算了，妳生什麼氣啊？」

她和那個不知道叫素羅還是川蜷螺的人撅著嘴越過我，兩個人之間還在不停嘀嘀咕咕的，我氣得盯著那兩個人的背影，她們完全沒有考慮到自己造成別人的困擾，反而還在那邊大小聲，我最討厭這種沒教養的人了。

到了中午，我抓緊時間吃完午餐離開了教室。吵雜的教室裡充斥著食物的味道，為了擺脫這裡，在吃完午餐後，我總是跑到圖書館度過剩下的時間，但是不巧的是，就在樓梯旁的廁所前，我又碰見了那個同學。

「小有真！」

雖然加了一個「小」字，不過真虧她可以喊自己的名字喊得這麼自然。

「我可以和妳談一下嗎？」

那個原本和她形影不離的同學居然不在她身邊，我還以為她們就像一雙筷子似的，只要沒了一邊就發揮不了作用。

「要談什麼？」

真是個不死心的人，要是她讀書也這麼積極的話，或許會是個強勁的競爭對手，不過既然會執著在這種沒有意義的事情上，這種人功課大概也不會好到哪裡去。

「快點，我想要確認妳是真的還是裝的，在素羅過來之前我們趕快走吧。」

她帶著一副害怕素羅會立刻追上來的表情走在我前面。她要怎麼確認呢？難道她認識的那個同學身上有什麼疤痕或痣之類的東西嗎？如果是這樣的話，我很快就可以證明自己不是那個人，她大概也不會再來煩我了，既然如此，這次我就再忍耐一下吧。我跟在她後面，從她一直往外頭走的模樣看起來，要確認的地方似乎不是在什麼隱密的部位。

或許是因為天氣還很冷，所以學校後面藤樹下的長椅是空著的，她先在長椅上坐了下來，我則坐在她的對面，全身頓時湧上一股寒氣。

「妳打算怎麼確認？快點說吧！先跟妳說清楚，我身上可沒有什麼疤痕和痣，所以不要跟我說妳想要看哪裡。」

本來氣勢逼人地走在前頭拉著我出來的她，此時臉上看起來卻有些猶豫不定。

「我快冷死了，妳快點講。」

聽到我這樣催促她，她才用一副好像下定了什麼決心似的表情開口說道：

「小有真，妳真的不記得我了嗎？當時也是我叫大有真，妳叫小有真。」

她認真地望著我，反而讓我氣上心頭。

「這些話妳不是已經說過了嗎？我也已經回答完了，妳就趕快說妳想要確認什麼吧！」

她先環顧了一下四周，確認沒有任何人在這裡，接著把身體靠了過來，小聲地對我說：

「這麼說來那件事情，那場事件妳也不記得了嗎？我們不是還去了警察局嗎？」

這個人真是的！究竟把我當成什麼樣的人了？居然還扯到什麼警察局，她讀幼稚園的時候到底是闖了什麼禍，才會被帶到警察局，真是太荒謬了，我直勾勾地盯著她看。

「我們不是因為那場事件去了警察局，記者們也跑來採訪我們嗎？不過後來妳們家就搬走了，這些事情妳真的完全不記得嗎？」

她簡直是愈說愈離譜了。

「妳說的那場事件指的到底是什麼？」

她沒有應聲，只是注視著我好一陣子，看她那副認真的眼神，我感覺她即使不惜說謊，也會說自己記得很清楚，過了一會兒，她才開口說：

「看來妳是真的不知道，那剛才的話妳就當作沒聽到吧。我還想說妳是不是因為害怕那件事情被別人知道，所以才假裝不認識我。總而言之，對不起了。」

她站了起來，把手插進口袋，彷彿這才感覺到寒冷一樣，蜷縮著肩膀轉過身去。看來現在這一切都結束了，於是我也從座位上起身，可她卻又猛然轉過身來。

「不過這實在是太奇怪了，臉長得像還說得過去，但是竟然連名字都一樣，妳不覺得很神奇嗎？」

我也這麼認為，我與她記憶中的那個同學不只臉長得像，而且連名字也一樣，這件事的確很神奇。

「不管怎麼說都好奇怪，真是太奇怪了……」

雖然她的喃喃自語讓我內心有點在意，不過既然已經確認那個人不是我了，她現在大概也不會再來煩我了吧。

我們的春天

當我正在東赫哥哥的粉絲俱樂部裡和其他會員聊天的時候，訊息的提示聲響了，是一個未知的暱稱。我以為是垃圾訊息，正打算點擊「關閉」的時候，

▼李有眞，好久不見。

有人傳來了這樣的訊息。

▼請問你是哪位？

▼是我，建宇。妳還記得嗎？

我的內心震了一下，如同鼓聲般響了起來。

▼建宇？五年七班的金建宇？

▼對，沒錯。

當我還住在前一個社區時，建宇和我上過同一間幼稚園和小學，小學二年級和五年級時曾經被分在同一個班級，也上過同一間補習班。當時我之所以不想轉學，最大的原因就是因為建宇。沒錯，我喜歡建宇，雖然我的單戀史很長，曾經短暫喜歡過好幾個人，不過都是在還不懂事的階段，而五年級時的感覺就彷彿真正的愛情一般。我曾經在情人節當天送過巧克力給建宇，除了我以外，還有很多女生都有送巧克力給他，到了白色情人節，建宇發了糖果給全班的女生，我在日記裡寫得像是只有我收到一樣。

▼你怎麼會知道我的帳號？

幸好不是當面說話，如果是面對面的話，我這張漲紅的臉和顫抖的聲音肯定會被他發現。

▼我是從恩京那裡知道的，很高興見到妳，妳現在在做什麼啊？

恩京和我在五年級時同班，最近三不五時也會聊天，我還滿羨慕她的，因為她和建宇讀同一間國中。

要說我在做什麼呢？啊，該說我在做什麼才好呢？總不能說我在歌手的粉絲俱樂部裡閒聊吧。

▼我正在寫作業。你常常跟恩京見面嗎？

▼雖然我們不同班，但是選修課一樣，所以有時候會碰到她，偶然就提到了妳。妳的手機號碼是幾號？沒事的時候我可以傳簡訊給妳。

怎麼辦？我還沒有手機，但是我又不想跟他說沒有，我覺得沒有手機就已經夠沒面子了，何況我也不想錯過和建宇重新聯繫的大好機會。我猶豫了一會兒，把素羅的手機號碼告訴了他，同時下定決心無論如何一定要盡快買一支手機，到時候再跟他說我換號碼就可以了。

▼010-294-3399。因爲我們學校規定不可以用手機，所以你就傳簡訊給我吧。

▼我知道了，那妳趕快去寫作業吧～掰掰～

我立刻傳了訊息給素羅，但是她沒有接，可能是在打遊戲。於是我走到客廳，撥電話給素羅的手機，雖然費用會比較貴，但是因為素羅家裡的電話和店裡的電話相連，所以不知道誰會接電話。

「喂，素羅啊，如果有不認識的號碼傳簡訊給妳的話，妳就馬上告訴我，知道了嗎？」

我興奮不已，語無倫次地講起了建宇的事情，因為家裡只有我一個人，所以我就放心地大喊大叫。

「建宇？妳是說那個建宇嗎？」

之前在玩真心話大冒險時，我已經跟素羅提過了建宇這個人。

「對，就是那個建宇。妳覺得他為什麼會突然傳訊息給我呢？如果只是碰巧的話，應該就不會跟我要手機號碼了，對吧？」

素羅也附和著說沒錯，我彷彿感受到清新的春風向我吹來。掛掉電話後，我回到房間裡，貼在牆上的那張東赫哥哥的海報映入了眼簾。

「對不起，哥哥。」

我把東赫哥哥的海報撕下來，放進了抽屜最底層的格子裡。

電子密碼鎖的聲音響起，是媽媽從菜市場回來了，我連忙往客廳衝了出去。

「媽媽，幫我買一支手機吧。我們班同學裡就只有我沒有手機了。」

我一見到媽媽就開始死纏爛打，雖然之前我都被媽媽各式各樣的藉口給說服，但是現在我有了一個非要不可的理由，那就是建宇說他要傳簡訊給我。

「妳這孩子，才覺得妳這陣子安分了點，怎麼又來了？小孩子需要什麼手機？而且妳知道手機有多貴嗎？就只有手機貴的話那倒還好，電話費要怎麼辦？」

這些話我已經聽得倒背如流了。

「只要用學生方案的話，就不會那麼貴了。媽媽，妳就幫我買手機嘛，我就只會拿來接電話跟傳簡訊，好不好？」

「如果這次期中考妳可以考進全校前五十名，我就買給妳。」

這個條件比起直接說不幫我買還更為惡劣和卑鄙，我們整個年級有四百多個學生，我一年級的時候排在兩百八十五名，如果想要擠進前五十名，就要有兩百三十幾個同學畫錯答案卡或不寫名字，不然就是發生什麼天災沒辦法考試，才有可能實現，否則就要把我生活的一切都投入到考試上，我看班上前五名的同學每個人都是這樣，不過以我來說，即便如此也是不可能的。

「媽媽，那妳國中的時候有考進過全校前五十名嗎？」

我向媽媽發動了突襲，但是媽媽並沒有亂了陣腳。

「有啊，我考進過。」

「妳有證據嗎？拿出來給我看。」

「當然有證據了，妳知道兒子會遺傳到媽媽吧？妳看看亨鎮，他功課不是很好嗎？那都是因為遺傳到媽媽。」

亨鎮的功課確實還不錯，但是小學的時候大家成績都不差，真正的實力要等到上了國中才看得出來。

「嘖，讀書是人生的一切嗎？妳用成績來評斷一個人實在是太幼稚了。」

「只有功課不好的人才會說這種話，在學生時期，讀書就是妳人生的一切，除了這個還能有什麼？以後妳開始上班，工作就是妳的一切，等到妳結婚了，家庭跟子女就是妳的一切。」

我很討厭媽媽把家庭和子女當成自己的一切。

「總而言之，妳只要考進前五十名，我就買給妳最新款的手機。」

媽媽把手機放在了我夠不到的地方，像是故意要氣我一樣如此說道。我氣得躲進房間，砰地一聲關上了房門。就在這段時間裡，素羅傳來了好幾則訊息，最後傳來的訊息是說她要下樓去店裡幫忙。素羅家經營一間超市，二樓就是她們住的地方，所以每當店裡忙碌的時候，素羅家的兄弟姊妹都要下樓去幫忙，不過要是仔細想一想，幫最多忙的應該是素羅和她哥哥。

素羅家的爸媽老是說，他們在子女教育上屬於放任型，如果本人想要讀書，他們就會全力支持，如果本人沒什麼意願，他們就會叫孩子來店裡幫忙送貨。但是也不全然是如此，素羅哥哥是三兄妹裡的老大，所以他們幫他請了各種科目的輔導老師，讓他考上知名大學。在兩個女兒當中，不想在超市裡幫忙的寶拉姊姊拚了命地讀書，素羅則不然，她寧願幫忙送貨也不想讀書。

「如果想要成為小說家，比起阿貓阿狗都可以當的大學生，在超市裡送貨不是更酷嗎？騎著摩托車送貨的時候，還可以順便體驗世界。」

素羅為了實現夢想，還加入了同好社群上傳自己的小說，甚至連筆名都取好，雖然她的筆名已經換過好幾次了。相對於這樣的態度而言，她的實力似乎有待提升，因為可以拿來衡量人氣的點閱率依然偏低，素羅堅信自己只是大器晚成，我也希望她能夠早日成名，畢竟最近有很多人都是先在網路上打響名氣的，對於沒有什麼事物可以拿來炫耀的我來說，也可以遞出名片說我是某某知名小說家的朋友。

「要是我們有錢，就可以隨便開個店，把財產留給你們，但是因為我們一無所有，所以你們得要白手起家才行。既然如此，你們就必須好好讀書，考上好的大學。」

對於沒有財產可以留給我們一事，媽媽不僅沒有感到抱歉，反而老是對我們施壓，叫我們要好好讀書。就在此時，媽媽打開了我的房門。

「我不是說過進來之前要先敲門嗎！」

我猛然尖叫了一聲。

「啊，對不起，對不起。嗯？不過妳的東赫哥哥跑去哪裡了？這次又換成誰了嗎？」

媽媽很快就發現東赫哥哥的海報不見了，於是帶著一副想要探個究竟的眼神坐在了我的床上。

我心想：「當然有啦，就是建宇！」

我把爬上舌尖的這句話嚥了下去，因為只要和媽媽說出這句話，無異於拿著擴音器對著整個社區，用麥克風昭告天下一樣。

直到小學為止，我連雞毛蒜皮的事情都會告訴媽媽，她還跟我一起挑了要送給建宇的巧克力，在那之後，媽媽就大張旗鼓地到處宣傳，說自己是會幫女兒挑選送給單戀男生禮物的好媽媽。在第一次穿胸罩的時候，我並不討厭這樣的媽媽，因為我也懷著一股興奮與激動，覺得穿上把胸部包起來的胸罩是一種儀式，象徵著邁向成人世界的第一步，我甚至還在心裡暗自期盼大家都能發現我開始穿胸罩了。

然而，在去年秋天到來的第一次月經就不是這樣了，我希望我的第一次月經可以更神祕、更私密一點，但是媽媽不但告訴了爸爸，還告訴四個阿姨和唯一的姑姑，甚至忙著跟不知道幾個朋友宣傳我的消息。後來媽媽又舉辦一場慶祝派對，要爸爸去買花和蛋糕回來，把衛生棉用漂亮的包裝紙包好放在籃子裡，當作禮物送給我。

這場活動對於爸爸媽媽來說，是見證兩人愛情的結晶平安成長的時刻，對於亨鎮來說，大概是可以享受蛋糕的快樂時光，但是對於我這個真正的主角來說，不過是宛如惡夢般的突發事故罷了，而且亨鎮也沒有專心吃蛋糕，趁我稍微不注意，就把禮物包裝拆開了，從那時起，亨鎮動不動就拿「尿布」來開我玩笑，讓我氣得牙癢癢的。我的第一次月經就這樣被家人搞得一塌糊塗，成了再也不願意回想起來的記憶。

當時的我躲回房間裡哭了起來，媽媽也跟了進來，對我敘述她的經驗，說自己是家裡第五個女兒，在成長過程中根本就沒有人關心她，所以我已經很幸福了。但是我一點也不覺得幸福，反而感到很憤恨，認為媽媽只是想要從我身上彌補自己的缺憾和創傷。在那之後，我就成了一個會對媽媽隱瞞許多祕密的女兒，可是媽媽卻缺乏正確的意識，這次又到處宣傳說我到了青春期。媽媽好像對青春期的特徵做了一番功課，總是擺出一副自己什麼都懂的表情，但是實際上她一點也不了解我，光是從她說只要考進全校前五十名就幫我買手機這點來看就知道了，對於女兒如此迫切渴望的東西，怎麼可以用成績來討價還價呢？就在此時，聊天視窗跳了出來，是素羅。

▼來了，來了！「妳突然轉學，眞是讓人覺得有點捨不得。——」喂，妳要回他什麼？

「我要寫作業了，媽媽妳趕快出去啦。」

我趕緊把媽媽推出去，然後關上了門。媽媽最近跟三阿姨走得很近，因為那個阿姨也有一個和我同年齡的女兒，所以媽媽三不五時就會打電話給她，交換有關青春期的資訊。

▼應該怎麼回他才好呢？尹尹，妳就幫我想一句漂亮的話傳給他吧

不管怎麼說，立志成為小說家的人總會比我厲害吧。

▼傳了嗎？妳傳了什麼？？？

▼因爲我一直把你放在心裡，所以完全不覺得我們分開了。哈哈

▼什麼？眞的嗎？不會吧？如果是眞的，妳就準備受死吧

▼哈哈哈，我寫說「人生不就是會者定離[3]嗎？」怎麼樣？還不賴吧？

▼是不錯，但是會者定離是什麼意思？—.—；；

期中考結束後，過了幾天，班導在開早會的時候樂呵呵地笑著說：

「各位同學，我有個好消息，我們班上出了全校第一名。」

是誰呀，會是誰呢？同學們陷入了一陣騷動。

「這對第一名來說是好消息沒錯，但是對我們來說怎麼算得上是好消息呢？」

素羅如此小聲說道。她說得一點也沒錯，這種事情回到家千萬不可以亂講，不然媽媽一定會立刻高聲大喊：「明明人家可以考第一名，妳是怎麼回事？是飯少吃了嗎？還是衣服少穿了？」

3譯註：出自佛經，意指人生有聚有散、天下無不散的宴席。

當老師說出「李有真」這個名字的瞬間，我差點就要停止呼吸了。啊，如我所願，同學們果然都劃錯答案卡了，即便如此，我還真沒想到自己會考到全校第一名，最新款的手機總算到手了，不過這樣的成績如果只換到一支手機的話，還真是有點可惜，要不要拜託媽媽乾脆連電腦都換了？這些想法在昏昏沉沉的腦袋裡飛來飛去，撞成了一團。

「是哪個有真？」

在有人提出這個問題的瞬間，我才意識到我們班上還有另一個李有真的現實。

「啊，是小有真。小有真，恭喜妳，看來妳這段時間裡很用功讀書，平均分數高出了全校第二名整整兩分，我們大家幫她拍拍手吧！」

「那大有真考了第幾名？」

我的神啊，懇求您對嘻皮笑臉提出這個問題的同學施以拔舌之刑吧！

「這屬於個人隱私，所以當然不能告訴你們，不是嗎？大有真，老師希望妳以後可以再接再厲。既然如此，讓我們送給兩位李有真最熱烈的掌聲吧！」

老師的提議喚起了同學們「哇～」的一陣呼喊，同時也伴隨著掌聲。同樣的一份掌聲，對於某人而言是一種祝賀，對於另一個人來說，則是要再接再厲的意思。我好想控訴校方的粗心大意，居然把兩個連姓氏都一樣的有真安排在同一個班級裡。我在這次期中考考了兩百一十三名，跟一年級時比起來已經大有進步了，要不是因為這個名字，本來是應該受到表揚的。

然而，小有真考第一名所掀起的波瀾並沒有就此在學校裡平息，她上的補習班是以提升學生成績而聞名的綜合補習班，那間補習班的校車掛著醒目的橫幅，開始在大街小巷裡穿梭。

賀！李有真第一學期期中考全校第一名（光熙女中二年級）

身邊知道我名字的人，紛紛跑去恭喜我媽媽說「有這麼優秀的女兒真好」，讓媽媽悶得鬱火攻心，一連好幾天都在抱頭苦思，後來她想到那個跟我同名同姓的同學考了全校第一名，於是就拿這點當成解方，重新打起精神，馬上叫我去報名小有真上的補習班。根據補習班的說法，只要考到全校第一名，就可以免除三個月的補習費，聽到這句話後，媽媽在回家路上不停數落我：「都叫同樣的名字，為什麼有的人可以免除學費，有的人就要交這麼多錢？」

媽媽似乎認為小有真之所以能考到全校第一名，就是多虧了這個名字。為了轉移媽媽的注意力，我本來想跟她說，小有真長得跟我幼稚園時認識的小有真很像，但是後來還是放棄了，畢竟我已經確認過她不是那個人了，如果還提起這件事，感覺好像有點太不要臉了。媽媽沒有從「李有真」這個名字想起幼稚園時的小有真，我也隱瞞了考第一名的李有真跟我同班的事實，刺激媽媽的比較心理對我可沒什麼好處。我說：

「妳以為她平白無故就能考第一名嗎？我聽說她每次放假都去美國參加語言研修，那口英語講得簡直跟當地人的發音一樣。」

我試圖提醒媽媽，功課不好並不全然是我的責任。小有真的英文發音非常好，就連老師都問她有沒有在國外住過，雖然她說她只有在六年級的寒假去過一次語言研修，但是為了加強效果，我就改成了「每次放假」。

「總而言之，以我們的家庭條件來說，補習費也不是一筆小數目，所以妳要給我認真學習！」

把我送進補習班以後，媽媽好像暫時放下了心，但是李有真考全校第一名為我帶來的考驗還沒有就此結束。

▼恭喜妳，李有眞！！！

建宇傳來了訊息。

▼？？？？？？

▼聽說妳考了全校第一名，我在我們補習班的公布欄上看到的，沒想到李有真妳功課竟然這麼好，我還跟同學們炫耀說妳是我同學

我上的補習班到處都有分校，我不知道建宇原來也有上這個補習班，我不由得暗自咒罵小有真怎麼考全校第一名還不夠，上的偏偏還是這個補習班。而且……我實在是不忍心對為我感到驕傲的建宇說那個有真其實不是我。

▼^^;;

從那之後，建宇更加頻繁地傳簡訊和聊天訊息給我了。

在街道上，木蓮花和櫻花猶如舉行慶典般競相盛開，但是由於另一個李有真，我的春天恍若掉在地上任人踩踏的花瓣一樣，淒涼而悲傷地飄逝著。

我的人生彷彿走在一有失誤就會旋即墜落的鋼絲上

飛機準備起飛了，教育旅行結束後，在回家的路上，哀嚎聲此起彼落，雖然耳朵有點痛，但是還不到無法忍受的地步。我討厭因為這點事情就小題大作，在那邊鬼哭狼嚎的同學們，為了遠離他們，我閉上了眼睛。

三天兩夜的時間裡，我們馬不停蹄地在濟州島上轉來轉去，那些風景就如同旅遊明信片上的某個鏡頭一般，毫無意義地離我遠去，往後如果提到濟州島，我的腦海裡浮現出來的，大概不會是什麼瀑布、柱狀節理或城山日出峰，而是我在這裡親身經歷的事物。

在前往教育旅行前，班導讓我們自己分配房間，畢竟要在一起睡兩天，所以給了我們可以跟自己合得來的朋友同住一個房間的自由。我不習慣和別人打交道，似乎從小到大都是這樣，有時候我也想要努力融入同學們，但是很快就會落單，同學們常常在背地裡講我壞話，說我自以為了不起，所以我寧願一個人更自在。

在旅行出發前，教室裡為了房間分配吵得沸沸揚揚，不過我既沒有想要一起住的人，也沒有人想要跟我睡在一起，於是我把名字直接寫在了還有空位的房間，我想說反正自己永遠都是一個人，跟誰住在一起都無所謂。但是我壓根兒沒想到，住在同一個房間裡的同學竟然會抽菸喝酒，更沒有想到的是，她們竟然誤以為我決定跟她們住在一起是別有用意。

為了消化從凌晨開始的緊湊行程，大家都累得筋疲力盡，第一天晚上，老師還交代我們隔天千萬不要遲到。其他同學看起來完全沒打算要睡覺的意思，為了不掃他們的興，我在房間的某個角落鋪好了被子。

「小有真，妳這麼早就要睡了嗎？」

一年級時同班，所以還算認識的美英帶著調侃的語氣如此問我，穿著便服的她看起來像大學生一樣成熟，讓我突然對於我們曾經是同班同學的事實感到有點陌生。

「老師不是叫我們要早點睡嗎？」

聽到我的回答，她們哈哈大笑了起來。

「妳是怕別人不知道妳是模範生，所以來教育旅行也要在那邊裝模作樣嗎？」

一個好像叫做秀貞的同學笑著如此說道，她歪曲的嘴唇上塗著紅色的唇彩，閃閃發亮。因為她在課堂上動不動就趴下來睡覺，常常被老師罵，所以我對她有點印象。在她身上絲毫看不見身為學生理應抱持的緊張感，真是讓人無奈，既然她這麼想睡覺的話，到底為什麼還要來上學呢？況且明明是上課時間，她怎麼可以睡得那麼心安理得呢？我實在完全無法理解。

「這個女的真是倒人胃口，這裡又不是學校。」

有的孩子對著我抖了抖濕漉漉的頭髮，水珠濺到了我的臉上，那個觸感令我感到毛骨悚然，我不知道她們為什麼要這樣子對我。

「那，那不睡覺的話，妳們要做什麼？」

我盡可能掩蓋顫抖的聲音如此問道。

「我們要喝酒，妳也一起來喝吧。」

有人從背包裡拿出燒酒和啤酒倒進紙杯裡，我的心中為之一震，身體也開始顫抖了起來，在我的眼裡，那看起來不像酒，而是毒藥。

「不，我不要，如果想喝的話，妳們就自己喝吧。」

「喂，這些都是回憶啊！以後想到教育旅行的時候，起碼得要有些值得回憶的事情吧？真是榮幸啊，可以和全校第一名同寢。」

秀貞硬是把混了燒酒和啤酒的紙杯塞到我的手裡。

「我就說我不要了，妳在做什麼？」

我用力把手甩開，結果酒就這樣灑了出來，她們一邊大呼小叫，一邊把地板擦乾淨。這些人知道我的人生就跟走鋼絲一樣，只要有一次失誤就可能致命嗎？我環視了一下這些圍繞著我的同學，每個人似乎都已經做好了萬全的準備，打算靠酒來創造教育旅行的回憶。

「喂，妳這個倒人胃口的賤貨，妳該不會連這點都沒有考慮到，就想和我們住同一個房間吧？」

秀貞皺著眉頭如此說道。她拿來稱呼我的下流髒話令我感到恥辱，不過與此同時，有一股更為巨大的恐懼感湧上了我的心頭。

「我，我不知道。」

「妳不知道什麼啊？妳老實說，妳是班導派來的間諜吧？是不是班導叫妳來監視我們在做什麼，然後跟她報告，所以才把妳安排在我們房間的？」

「不是的，根本就沒有這回事，我只是挑了個人數比較少的房間，把名字寫上去而已。」

「就只有這樣嗎？喂，妳這個賤貨，妳連我們的名字都不知道吧？妳真的知道我們跟妳同班嗎？」

對於這幫圍著我的同學，我感到很陌生。有人抓著我的頭髮往後仰，我不由得張開了嘴，另一個人接著把酒灌進了我的嘴裡。那堆酒的味道像垃圾一樣，我沒辦法做出任何抵抗，那一瞬間產生的屈辱感和恐懼感，轉化為被嗆到的咳嗽聲爆炸開來。

第二天，我沒有把昨晚發生的事情告訴任何人，雖然一方面是出於自尊心，但是更重要的是，我不覺得會有人願意幫助我。就算我說出來，大概也只會得到「這是妳的錯」的回答。雖然不知道為什麼我會有這種想法，但是我從小到大都是這個樣子，小學，不對，是從更早以前就開始了，從那時候起，我就一直有種感覺，不管在什麼地方，都沒有人願意站在我這一邊。唯一能夠保護自己的方法，就只有好好讀書，或者想像類似電梯怪物這種更為強大的東西。然而，從昨天晚上的事件來看，全校第一名也沒能化為保護我的完美盾牌與鎧甲。

「喂，妳不喝飲料嗎？」

坐在旁邊的同學拍了拍我，原來空姊和裝有飲料的推車已經站在了我旁邊，於是我點了一杯汽水。當我正要喝下冒著氣泡的汽水時，突然有種噁心的感覺湧上來。

這是因為第二天晚上，我被逼著喝下那群同學吐了口水的飲料。班導知道她們喝了酒，所以也跟她們說回到學校後要好好談談。老師明明都知道她們喝酒了，卻不知道她們對我做的行為，這讓我覺得好委屈。

「不是我去告狀的，如果是我的話，老師怎麼可能會不知道我被欺負了呢？」

我無意間脫口而出了這句話。

「被欺負？喂，這女的真搞笑。那妳這小子害我們被欺負的時候又該怎麼算？就是因為有像妳這種賤貨，所以我們永遠都被當作垃圾。」

「喂，妳這個賤貨，要不是妳去告狀，班導她怎麼可能會知道？妳如果還想要好好上學的話，就自己看著辦吧。」

其中一個人明明只是用一根手指戳了一下我的胸口，我卻被推得稀裡糊塗地撞在了牆上。牆壁堅硬而冰冷的觸感從從背部傳來，似乎是在告訴我無處可躲的現實。

喝完那群同學吐了口水的汽水後，為了抑制想吐的感覺，我伸手接過裝有燒酒的杯子，一口氣喝了下去。

「哎呦，還不錯嘛。」

流進肚子裡的酒精迅速沿著血管轉動，很快我的腦袋就開始發暈，身體彷彿漂浮在空中一樣，眼前所見的畫面也如同夢境般模糊不清。此時把香菸扔給我的人好像是美英，她在一年級的時候明明就不是這樣的人，是什麼讓她產生了這麼大的變化呢？

也許是因為酒精這個怪物支配著我的靈魂，香菸看起來也沒有那麼可怕了。我從美英那裡借火點燃了香菸，就像舉行燭光儀式一樣，抱著「至少比吐了口水的汽水好多了吧」的心態，狠狠吸了一口。雖然不停咳嗽，但我還是咬緊牙關繼續抽下去，嘸了幾口煙之後，我感到頭暈目眩，漸漸失去了意識。宛如身處混亂不堪的夢中一般，有人叫喊我的名字，有人搖晃我的身體，有人賞我巴掌。在那之後，冰冷的毛巾貼近了我的臉……

『不是我的錯。』

這是我回過神來後的第一句話，不，是第一個想法。

『不是我的錯。』

眼淚順著眼角流下來，打濕了我的耳廓，如果爸媽知道我抽菸喝酒的話，會露出什麼樣的表情呢？他們會不會問我是在什麼情況下做的，理解到錯不在我，而是在這樣對待我的同學呢？

全校第一名的成績單改變了爸媽看待我的眼神，自從得知我考了第一名的瞬間，我就開始恣意想像要用什麼方法告訴媽媽這件事。是要把鞋子脫掉衝進去，蹦蹦跳跳地告訴她呢？或是要傳文字訊息給她呢？或是在吃晚餐的時候，用一副沒什麼大不了的表情說出來呢？還是要先把消息偷偷透露給有善跟有美呢？但最後直到成績單出來為止，我什麼也沒有做。媽媽收到成績單後，似乎不敢相信自己的眼睛，重新仔細檢查了一遍，接著她望向我，臉上露出了微笑。

「是我運氣好，這次考試出了很多我學過的東西。」

我用一副沒什麼大不了的口吻如此說道，然而，這也不完全是在裝模作樣，畢竟我雖然很努力讀書，也沒想到自己會考全校第一名。以前我在班上曾經拿過幾次第一名，但是這還是我第一次考到全學年第一名。我偷偷地看著媽媽一臉興奮地告訴爸爸和奶奶這件事，接著打電話給學校、補習班和課輔老師道謝。

爸爸在飯店餐廳請我吃飯表示祝賀，比起在家裡看到爸爸，我們更常在餐廳或家人陪同的活動場合上見到面，每次在那種場合上看到的爸爸看起來都很帥氣，讓人感到驕傲，但同時也會感受到距離感，雖然他平時也不怎麼平易近人就是了。

「辛苦妳了，比起考到第一名，要維持住第一名才難。大家都說學校成績排名不等於社會成績排名，不過我覺得那只是成績不好的人在找藉口，在我們的社會裡，書讀得愈好，選擇的機會就愈多。妳以後也要繼續保持啊，有善跟有美也會把姊姊當成榜樣認真學習的。」

這好像還是我第一次獲得爸爸的認可，媽媽在百貨公司幫我買了教育旅行時要穿的衣服，有善和有美也對我稍微畢恭畢敬了好一陣子。

「小孩子最起碼也要會讀書，要是連功課都不怎麼樣的話，那還有什麼出息呢？」奶奶也說過這樣的話，在旅行出發的前一天，還特地把我叫過去，給了我裝有零用錢的信封袋。

「董事長，這孩子考了全校第一名，看來已經懂得盡到自己分內的責任了，您就放寬心吧。」

奶奶對著掛在牆上爺爺的照片如此說道。爺爺在我小學六年級的時候就去世了，我對於爺爺的記憶，就只有嚴厲和恐怖而已。直到考到全校第一名，我才感覺自己成為了盡到「自己分內責任」的孩子，好像找到了自己的立足之地，在父母的大女兒、兩個妹妹的大姊，還有奶奶的大孫女等位置上站穩腳跟。

我很害怕抽菸喝酒的事情傳出去，被那些像垃圾一樣的同學欺負，實在是太丟臉了，而且就算是被逼的，我也可能面臨停學或禁足反省的處分。一個人居然從全校第一名到因為抽菸喝酒而被停學，難道還有比這更落魄的墮落嗎？那些欺負我的同學大概就不會像我這麼害怕了。

美英和秀貞從走道走了過來，看起來應該是要去廁所，我的心臟頓時跳得飛快，她們嘻皮笑臉地經過我旁邊，從表情上來看，她們連我坐在那個位置都不知道。她們看起來就只是平凡的十五歲少女，一直以來都是如此，可是她們在旅行時的白天與回到住處後的夜晚簡直判若兩人。

『不是我的錯！不是！』

彷彿在慘叫一般，這句話差點就蹦了出來。

「喂，妳有哪裡不舒服嗎？」

有人拍了我一下，抬頭一看，是大有真站在我面前。

「妳的臉色好蒼白，妳該不會是暈機了吧？」

大有真如此說道。我搖了搖頭，她就轉身離開了。

她表現得可真是一派輕鬆，期中考我考了全校第一名，受害最大的人就屬大有真了，就因為和我同名同姓，她的分數遭到公開，甚至因此成了笑柄。我也是由於這樣才得知她的成績，考了那種成績，還可以如此從容不迫，真不知道是因為她心情好，抑或是愚蠢使然。

抵達機場以後，我打開手機電源，收到一則媽媽傳來的簡訊，說她在機場等我。各班解散後，我走進廁所，洗完手，我注視著鏡子裡的自己，就像秀貞和美英一樣，我的身上找不到任何抽菸喝酒的痕跡。沒錯，畢竟我也是迫於無奈，只要我不說出來就沒事了，如果消息走漏，對於那群人來說也沒什麼好事，所以她們應該也不會到處張揚才對。

我打電話給媽媽，她告訴我她在哪裡等我。如果我告訴媽媽我在教育旅行經歷的事情，她會說什麼呢？雖然我希望不要有任何人知道，但是另一方面又好想找個人大吐苦水，然後聽對方跟我說：「沒關係，這不是妳的錯，不是嗎？」這樣子我或許就可以忘記這件事了。

媽媽發現我之後，朝著我揮揮手。沒錯，我要告訴媽媽，我一邊迎面揮著手，一邊跑向媽媽，不過一確認我看到了以後，媽媽就轉身往停車的地方走了過去。媽媽與我之間又產生了距離，我心灰意冷地移動著步伐，難道光是她願意來機場接我，我就應該心懷感謝了嗎？

我用眼睛追逐著媽媽的背影，就在此時，迎面而來的一位阿姨跟媽媽打了聲招呼。

因為有點距離，所以我聽不見她們說話的聲音。媽媽回過頭來瞄了我一眼，表情明顯流露出慌張的神色，我停下腳步，因為媽媽的眼神似乎在對我吶喊著「不要過來！」

阿姨很快就與媽媽擦身而過，朝著我的方向走了過來。我與阿姨四目相對，可是她似乎沒有認出來我是媽媽的女兒，就這樣走了過去。我總覺得好像在哪裡看過她，於是轉過頭注視著她的背影，此時後腦勺突然感受到了一股視線，回頭一看，媽媽連忙把頭別了過去。我朝著媽媽的方向，不對，是停車的地方重新邁開了步伐。

「剛才那個阿姨是誰呀？是我也認識的人嗎？」

我一邊上車，一邊對媽媽如此問道。

「她就只是來問路的人，妳怎麼可能會認識？快把安全帶繫好。」

這是三天沒有見面的母女之間的第一句對話，手裡握著方向盤的媽媽臉色顯得很僵硬。

過了幾天，我又在學校門口看見了那位阿姨。當我在文具店買完要用到的物品，準備轉身離開時，有人叫住了我說：「同學。」回頭一看，是在機場跟媽媽問路的阿姨站在我面前。

「是在叫我嗎？」

「對，妳是幾年級呀？」

我說我讀二年級，她緊接著問我是哪一班的。

「六班。」

「太好了，我想拜託妳一件事，可以幫我把這個拿給李有真嗎？聽說妳們今天有體育課，可是她沒有帶運動服。」

她是大有真的媽媽嗎？在機場遇到的時候，我就覺得她看起來很眼熟，原來是因為長得跟大有真很像。

我想起了驚慌失措的媽媽，大有真的媽媽當時並不是在問路，明顯是在跟媽媽打招呼。

「大有真的媽媽怎麼會認識我媽媽呢？」

我的腦袋陷入了一片空白，就好像挨了一拳似地。

「那就拜託妳了。」

大有真的媽媽把紙袋遞給我，接著轉身離開。

真是的，她怎麼會認識媽媽呢？我掏出名牌掛在身上，胸口開始撲通撲通地跳了起來。

花落之處發芽的綠色嫩葉是花兒的眼淚

儘管詩人們爭先恐後地讚頌新綠，但是對於內心懷抱著悲淒愛情的我來說，新長出來的嫩葉看起來就宛如花兒的眼淚。我好像在哪裡聽過或讀過「藝術是在痛苦中綻放的花朵」這句話，如果沒有經歷過失戀的痛苦，韓龍雲怎麼會寫出〈你的沉默〉這首詩呢？金素月又怎麼會寫出〈杜鵑花〉呢？[4]對於〈你的沉默〉這首詩，我百分之百贊同素羅的解讀。

在一年級的時候，我曾經和素羅一起背誦過〈你的沉默〉，因為這是我們的作業。雖然國語老師說這首詩是名詩，只要是韓國人，就一定要會背，但是在我看來，就只不過是一個失戀的人拐彎抹角的悲嘆而已。

4譯註：韓龍雲、金素月皆爲二十世紀韓國著名的戰前詩人。

「不知道究竟是哪個女人背叛了韓龍雲，讓他寫出這樣的詩。既然那個女人選擇離開，就應該爽快地放過人家啊，幹麼還要可憐兮兮地寫出這首詩來連累我們！」

如果真的有時光機器，我還真想搭回去讓那個背叛韓龍雲的女人回心轉意，或者幫韓龍雲介紹其他女人，阻止他寫出〈你的沉默〉這首詩來。

「話說回來，大家都說詩裡出現的『你』指的既可以是祖國，也可以是佛祖？不覺得很讓人哭笑不得嗎？」

我不能理解，怎麼可能會和祖國或佛祖親親，被祖國或佛祖的話語蒙蔽了耳朵和雙眼，這太不像話了。

「大人們實在是太誇張了，他們說這是世界上最棒的詩之一，還叫我們把它背下來。你想想看，如果『你』指的是愛人的話，我們不就有可能照著這首詩去做嗎？他們就是害怕出現這種情況，所以才加上祖國和佛祖這些神聖的東西來自圓其說。」

這就是素羅的結論，我也對於這番言論表示贊同。要是小孩子在學了這首詩以後，整天都想著要跟男朋友、女朋友親親，被愛情蒙蔽了雙眼和耳朵，甚至乾脆連學都不上了，那可就麻煩大了。

我們的愛情裡沒有我，
因為你所了解的我並不是我。
對不起，我沒能如實告訴你，
就是害怕你會離開我，
害怕我會看到你的背影，而不是你的笑容，
所以我不敢說出來。
這樣的我，
只能偷偷地看著喜歡我的你，喜歡你的我。
我們的愛情裡沒有我。
我們的愛情裡沒有我。

素羅看到我寫在筆記本上的文字，說這首詩在諷刺網路時代下充滿謊言的戀情，飽含了批判精神，還叫我試著上傳到東赫哥哥的粉絲俱樂部裡。本來以為她會取笑我很幼稚，真是出乎我的意料。

「誰知道呢？說不定東赫哥哥會幫這段文字配上曲子來唱，然後邀請妳去演唱會，到時候妳就可以跟建宇一起去，在那裡來個真情大告白。當然，建宇也會答應妳，那就是妳悲淒的暗戀得以終結的時刻。」

素羅又在寫小說了，雖然很肉麻，不過這是一個完美的結局。我和建宇每天都會聊上幾句，如果一個人在家的時間配合得上，偶爾也會用家裡的電話聊天，素羅說這樣子就等於是在交往了。

「話說回來，你一開始為什麼會傳訊息給我？」

有一天我這麼問建宇，不過我真正想問的其實是「你喜歡我嗎？」

「我偶然從恩京那裡聽到妳的名字，突然有點好奇妳過得怎麼樣，而且我也時常想起妳笑的樣子，所以就聯繫妳了。」

「見到以後，不對，雖然我們也沒有實際見面，你覺得現在的我跟小學的時候比起來怎麼樣？」

雖然有點難為情，不過這是非問不可的。

「我覺得妳依然很愛笑，很有幽默感，人也很真誠，況且功課還很好，完全是我的菜。」

雖然我的心臟因為「妳是我的菜」而狂跳，但是「人也很真誠」卻徹底粉碎了這分喜悅。

我哪裡真誠了，建宇傳簡訊的手機號碼是素羅的，建宇收到的回覆也是素羅代替我傳的，更何況素羅現在常常先斬後奏，也不問我就打好回覆把簡訊傳出去，後來才告訴我，所以幽默感也是素羅的，建宇舉的三個裡面就有兩個不屬於我。最讓人牽掛的，是建宇引以為豪的全校第一名，在我看來，建宇之所以變得這麼積極，就是因為有了這個誤會，所以建宇不是單純對李有真有興趣，而是對全校第一名的李有真有興趣。如果是手機的話，我拚死拚活還可以勉強拿到，可如果是全校第一名的話，除非我重新投胎轉世，變成另外一個人，不然根本是天方夜譚。

在小有真考全校第一名以前，我沒有在上補習班，所以課餘時間比較多，但是如今在學校上到第六、七節課以後，吃點零食，好不容易寫完補習班的作業，緊接著就要去上五科輪流輔導的綜合補習班。補習班每個週末都要考試，作業量也不容小覷，晚上十點多終於回到家以後，寫寫作業，再看看電腦，很快就到半夜十二點了。第二天到學校的時候，從第一節課開始就必須跟睡意抗戰，真不知道是為了補習班才有的學校，還是為了學校才有的補習班。

這全都是小有真害的，都是她害我不得不把青春奉獻給補習班，小有真絕對是我人生的絆腳石。她約我星期六放學後見面，說是有話要跟我談談，在因為同名同姓而產生的問題中，最大的受害者明明就是我了，素羅也說要跟我一起去。

「既然她叫我一個人過去，我就一個人先去看看吧。」

「那傢伙呀，可不是什麼省油的燈，有事的話就打電話給我，啊對了，妳沒有手機，那就跟那個女的借手機來打吧，知道了嗎？」

不管怎麼說，我是「大」有真，她是「小」有真，倘若真的要揪著頭髮拳腳相向，我也有信心不會輸給她。

我答應素羅一回到家就會通知她，接著朝向藤樹下的長椅走過去。小有真比我還早到，她瞧了瞧我的身後，從她的眼神來看，似乎是在觀察素羅有沒有一起來，藤樹的莖幹上也冒出了紫藤花的眼淚。星期六放學後的學校很安靜，為了好好享受週末，同學和老師們都匆匆忙忙地離開了學校。學校可是我一刻也不想多待的地方，而我現在卻不得不留在這裡，小有真這傢伙實在是對我的人生沒有任何幫助。

「妳想要談什麼？」

我把手伸進背心口袋，身體靠在藤樹的樹幹上，抖著腿如此說道。

「妳先坐下來。」

小有真用低沉的嗓音這麼說，我相信大概是自己剛才的氣勢已經達到了先發制人的效果，於是就在對面坐了下來。小有真吞吞吐吐了一下，才又開口說道：

「妳當時說妳認識我，那是真的嗎？」

小有真又大又圓的眼睛直勾勾地盯著我看。原本我就好像遇到敵人的貓一樣，脖子上豎滿了毛，一聽到她要談的也不是什麼大不了的事情，我一下子就鬆了口氣。

「難道我是閒閒沒事做嗎？妳不是說那個人不是妳嗎？」

我保持一副大剌剌的態度如此反問道。

「妳可以告訴我妳之前說的那場事件是什麼嗎？」

「為什麼妳要突然這麼問？」

「妳可不可以別問理由了，直接告訴我好嗎？」

小有真的目光好像在動搖，看著她的眼神，我的心也有點動搖，但是我不想把連素羅都不知道的事情告訴毫無關係的小有真。

「除非妳就是那個小有真，否則我不想告訴其他人，因為這件事情也關係到我的個人隱私。」

我堅決地對小有真如此說道，這感覺真痛快，不管怎麼說，全校第一名可是在拜託我呢。此時小有真的眼神變得更加急切了，但是我決定視而不見。

「如果妳是因為這件事情才約我出來見面的話，那我就先走了。」

我要是留下這句話轉身離去，看起來一定很帥氣。

「哎呀，因為那件事情好像也跟我有關。」

小有真的聲音開始變得急促了起來，我滿臉疑惑地低頭看著小有真。

「我的媽媽認識妳的媽媽，我覺得我好像就是妳說的那個人，到底發生了什麼事情？」

小有真的眼神把我牢牢抓住。

「我們的媽媽怎麼會互相認識？」

小有真說出了她在機場發生的事情，還說她在校門口見到了我的媽媽。那天我去了趟廁所回來以後，就發現一袋裝著運動服的包包，沒想到那竟然是小有真放的。

「我的媽媽有認出妳嗎？」

小有真說沒有，真是太好了。我在幼稚園天天都會見到小有真，但是媽媽偶爾才會看她，所以認不出來也是理所當然的。媽媽沒有告訴我她遇到小有真的媽媽，或許是不想讓我回想起當時那件事，畢竟媽媽希望我可以忘了當時那件事，就像用剪刀斷個一乾二淨。

「現在看起來沒有任何問題，就怕長大之後可能會出現後遺症，所以要時時刻刻保持注意。」

有一天，我曾經聽到媽媽對大阿姨說過這樣的話，偶爾也會感受到媽媽觀察我的視線，我知道這都與那件事有關。我之所以沒有告訴媽媽小有真的事，最大的原因也是不想讓媽媽回想起那件事。

「妳說我們去了警察局，記者也都跑來採訪我們，到底發生了什麼事？我……我們難道做了什麼壞事嗎？」

小有真的聲音開始顫抖，她看起來確實是當年的那個小有真沒錯，可是她卻不記得自己發生過的事情，這點真是讓人無法理解，那件事可不像跌倒或吵架一樣這麼容易忘記，難不成她真的遇到車禍得了失憶症嗎？人家都說一條狗如果在餐廳裡待了三年，也可以學會怎麼煮拉麵，我和寫小說的朋友在一起混了三年，想像力也愈來愈接近素羅了。如果是那場事件造成的後遺症，我應該要懂得諒解她才對，看來我的心胸也寬廣了許多。

「壞事不是我們做的，而是那個混蛋做的。」

「我們」這個詞似乎拉近了我與小有真的距離。

「那個混蛋？那……那個混蛋是誰？」

小有真的眼裡充滿了恐懼。

「幼稚園園長啊，園長他不是對綠綠班的女生下手做了壞事嗎？」

哎呀，對我來說，這並不像膝蓋上的疤痕那樣，已經不記得是何時受的傷，每當我回想起來時，就會產生一種不舒服的感覺，猶如渾身爬滿了蟲子，讓我不禁起雞皮疙瘩，這種不舒服的感覺是我在當時不曾有過的，難道媽媽口中的後遺症指的就是這個嗎？

「壞事？那是什麼？」

小有真的表情陷入呆滯，彷彿被掏空了似的。

「喂，妳真的不知道他幹了什麼好事嗎？還是妳是假裝不知道？」

我的怒氣一下子湧了上來，這種人竟然會是全校第一名。

當時，我還對園長說的話信以為真，以為他很疼愛我，是因為我實在是太可愛、太討人喜歡了，所以才叫我坐在他的膝蓋上……不，當時好像也有一種不舒服的感覺，不過因為園長替我偷帶媽媽口紅和打碎幼稚園花瓶的事情保密，所以我認為自己也應該對於園長對我做的事情守口如瓶，爸媽本來就對亨鎮比較偏心，我生怕他們要是知道我犯了錯，就會因此而討厭我。

小有真目不轉睛地注視著我，表情宛如小孩子般天真無邪，當年我望著園長的眼神大概也是如此。我一屁股在椅子上坐了下來，正對著小有真。

「妳是真的不知道嗎？那個混蛋的所作所為不就是因為妳才東窗事發的嗎？妳回到家割斷了洋娃娃的脖子，扯掉了洋娃娃的腿，所以事情才傳出去的不是嗎？」

這件事情我是從媽媽們之間的談話中得知的，聽說小有真的媽媽還把頭被割斷、腿被扯掉的洋娃娃拿給警察看。那個洋娃娃我一直很想要，我想起當時的我還覺得，把它弄壞的小有真簡直像個傻瓜一樣。

小有真坐在椅子上，身體彷彿僵硬得動彈不得，好不容易才用勉強擠出來的聲音說：

「那麼是她跟自己的媽媽說的嗎？」

小有真把那個孩子當成別人似地如此問道。

「沒錯，所以妳的媽媽也對其他孩子進行了調查。」

現在想起來，小有真過生日的時候，我們班上所有的女生似乎都受到了邀請，就是我送美美魔法棒給小有真當作禮物的那次生日。小有真的媽媽把我帶到臥室裡，問我園長是不是也很疼愛我，她問得十分仔細，而我為了快點回到同學身邊，就鉅細靡遺地描述了園長是如何疼愛我的。當時我年紀還小，再加上只顧著吃喝玩樂，所以並沒有注意到，不過現在想想，其他同學肯定也有被輪流叫過去，向小有真的媽媽講述和園長玩的「遊戲」。

當天晚上，我跟爸媽重新講了一次這件事，媽媽抱著我泣不成聲，爸爸則用拳頭捶打著牆壁，至於我當時的心情……，既悲傷又害怕，還帶有一絲甜蜜。正當我覺得爸媽的關注都被弟弟搶走的時候，能夠在媽媽的懷裡聽到愛的含淚告白，實在是一件非常幸福的事情。

「我愛妳，我愛妳。妳知道在這個世界上媽媽最愛的，就是我們家有真嗎？」

「比亨鎮還要愛嗎？」

媽媽將被淚水打濕的臉頰緊緊貼在我的臉上，回答說「是」。這是我當時最想聽到的話，所以我非常高興，也感到十分幸福。

在那之後，幼稚園變得烏煙瘴氣，整個亂成了一團。家長們追著本來那麼疼愛我們的園長跑，要找他算帳，我們也被帶到警察局，講述了園長是如何疼愛我們的，玩了什麼樣的遊戲，而且還講了不只一次，因為我們也告訴了記者。當時最常從媽媽那裡聽到的話，就是「我愛妳」和「那不是妳的錯」，在我未來的人生中，大概不會再有如當時那般備受關心和注目的時候了。我還記得爸爸看到有報紙引用了「李某同學」的我所說的話，在鬱悶與憤怒之下將報紙撕成了碎片。我本來還以為這一切已經被我給忘掉了，沒想到當時的事情竟然如此完好無損地遺留在我的心底。

「但是，你們後來就突然搬走了。」

我瞪著小有真，本來以為這些事情已經消失在了記憶的另一端，卻被她給重新拉了回來，這讓我有點生氣。

「為什麼？為什麼搬走了？」

小有真的表情依然很僵硬。

「喂，這要問妳才對啊，我怎麼可能會知道？我記得大人們還罵你們落跑，大概是因為覺得你們沒有義氣吧，老實說，難道不是嗎？出了事情就要一起解決，怎麼可以中途搬走呢？」

雖然不知道大人們罵小有真他們家的確切原因，但是我做出了這樣的推測。

「那麼……那個園長怎麼樣了？」

園長後來進了監獄，從監獄出來之後好像就移民了，也對，他還有什麼臉可以生活在這個國家呢？這個對來自己幼稚園上課的孩子下手的壞蛋，想到他像乞丐一樣被人們丟石頭的樣子，心裡似乎舒服了一點。

「所以說，也不是那個孩子的錯吧？犯錯的是那個傢伙不是嗎？」

小有真如此追問道。

「那當然，要是有個人走在路上，被一條瘋狗撲上來咬了一口，難道是被咬的人的錯嗎？是瘋狗的錯才對呀。」

即便被瘋狗咬傷的疤痕已經漸漸淡去，在吐出這句話的時候，我的內心還是感到非常痛快。

「那就好。」

此時，小有真突然站了起來，拍了拍裙子，頭也不回地轉身離去，看來她又回到了平時對於周遭事物漠不關心的態度。我感到很無奈，也很生氣，總覺得自己對小有真掏心掏肺根本就是上了她的當，心裡有點不是滋味。

拼圖板中的孩子

繞過建築物的轉角，在脫離大有真視線的瞬間，我的膝蓋一軟，不由得癱坐在了原地。映入眼簾的是空蕩蕩的操場，我的腦袋一片空白，彷彿這座操場就坐落在我的腦海裡。一聽到後面傳來腳步聲，我猛然起身開始狂奔，因為我不想被大有真看到我現在這個樣子。

我一路跑出校門，過了兩條馬路，才終於放慢了腳步。雖然我應該在校門口搭乘社區公車，但是站在那裡的話感覺又會遇到大有真，所以我並沒有在那裡停下來。我的心臟宛如撕裂般疼痛，真不知道剛才跑得有多快，我氣喘吁吁地靠在了行道樹上。

我畢業的私立小學沒有什麼學生，由於從小出國留學的孩子很多，所以畢業生人數進一步減少，況且還有分學區，所以我進入國中的時候，連一個朋友也沒有。在這樣的學校裡，竟然會遇到上過同一所幼稚園的同學，我氣喘吁吁地回想著從大有真那裡聽到的故事，這遠比我想像中的還要糟糕。一直以來，我為了理解自己與爸媽之間的關係，作出了兩個版本的假設，否則我實在無法接受流淌在我和爸媽，尤其是我和媽媽之間的河水，以及那冰冷的距離。

在任何人看來，媽媽都是對家庭無私奉獻的人，對我來說也一樣，即使是在只有富家子弟才讀得起來的私立小學，我也打扮得比誰都漂亮，長髮總是梳得很端正，穿著很好的衣服，鞋子也乾乾淨淨的。再怎麼整潔的孩子，週末有時候也會忘記洗鞋子，只好穿著邋遢的室內鞋，但是我一次也沒有這樣過。在家裡，我的房間遠比有善和有美的房間豪華，升上國中的時候，媽媽也幫我把小學時使用的家具全都換成了新的。雖然妹妹們向媽媽提出了抗議，說她都只對姊姊好，可是我知道，媽媽做的也不過如此而已，就如同假花不管再怎麼漂亮，終究不能散發出香氣一樣，我也沒辦法從媽媽身上感受到愛，因此我有時候甚至會懷疑媽媽是不是我的繼母。

我確定有善和有美是媽媽生的，因為我清楚地記得她肚子鼓起來的樣子，當陣痛開始的時候，媽媽還被送到了醫院。那麼生下我的親生母親到底是誰呢？她會是什麼樣的人呢？搞不好就像連續劇裡演的那樣，是個出身卑微的女人，所以奶奶每次看到我的時候，總是一副不滿意的樣子，我之所以會在教育旅行時輕易抽到菸，也是出於這個原因。

然而，媽媽顯然也不是奶奶滿意的兒媳婦，我常常聽到奶奶在說媽媽娘家，也就是我外婆家的壞話，雖然奶奶很重視教養和名譽，但是對於媽媽的寡母和那些堪稱麻煩製造者的弟弟，挑起毛病來可是完全不給人留面子，奶奶把外婆家的成員形容成「整天虎視眈眈覬覦著什麼東西的一群人」。其實我也不太喜歡習慣卑躬屈膝的外婆，以及看起來吊兒郎當的舅舅們，即使一年只見一兩次面，我也不太樂意，奶奶之所以會接受在那種家庭中長大的女兒，或許純粹是因為爸爸有我這個累贅。

媽媽只會對我展示任何人都給得起的愛，比如說在考試考得好或參加比賽得獎的時候，身為繼母，這也是理所當然的，如果連這種時候都表現得很冷淡的話，肯定會被奶奶罵說怎麼可以因為不是我的親生母親就這樣。我是根據模糊的記憶來推斷的，畢竟每當奶奶對媽媽大發雷霆的時候，只要我出現，她們就會把嘴巴閉上，還有媽媽看我的眼神總是隱約交織著複雜的情感，感覺她好像不知道該如何對待我，就連一向嚴肅的奶奶，有時候也會對我投以憐憫的目光，我認為都是出於這個原因所致。

另一個假設則是截然相反的情況，那就是現在這個爸爸其實是我的繼父，理由是外婆有一次把手放在我的身上說過一段話，我記得那是在我上幼稚園的時候，外婆曾經含著眼淚，用她那粗糙的手一邊不停撫摸我的身體，一邊像在誦念咒語般如此說道：「小小年紀真是可憐，這該怎麼辦，該怎麼辦才好呢……」

當時媽媽用略帶煩躁的聲音堵住了外婆的嘴巴。在那之後，只要看到外婆注視著我，我的耳朵就會傳來「小小年紀真是可憐，這該怎麼辦，該怎麼辦才好呢……」的聲音。外孫女要跟著媽媽和繼父生活在一起，這該有多可憐呢？如果這個假設是對的，奶奶的盛氣凌人和媽媽的百依百順也就不難理解了，媽媽是因為覺得對不起家裡的其他人，不得不顧及別人的臉色，所以才無法對我表達愛意，媽媽那交織著複雜情感的眼神，就是對可憐的女兒最大限度的愛了。身為媽媽帶來的孩子，之所以能夠在物質上享受比有善和有美更豐厚的待遇，就是因為奶奶重視面子勝於一切，她要展現這是一個很有教養的家庭，就算是別人的孩子，自己也願意好好善待。

無論是哪一種情況，爸爸這個角色都不太重要。在我的記憶裡，爸爸要麼不在家，要麼就是很忙，只有他去國外出差買衣服和玩具回來的時候，才會讓我意識到原來自己也有爸爸。在爺爺去世後，他就繼承了公司，由於要負責經營公司，他也變得更加忙碌。根據奶奶的說法，爸爸雖然是一家之主，但是更重要的是，他也是必須為無數員工負責的公司領導人，所以我們姊妹早已習慣了爸爸的忙碌和缺席，總而言之，我不會因為我所享受的豐厚待遇中摻雜著虛偽和假象，就對其投以譏諷和鄙視，我可沒有那麼愚蠢，更何況我也沒有幼稚到會因為對自己的處境感到悲觀，就做出不成熟的反抗。

我們有一幅按照全家福的形象製作的拼圖板，在那幅拼圖板中，拼成我的那幾塊拼圖看起來總是很不穩定，感覺只要稍微晃動一下拼圖板，就會率先彈出來，要想在其中保住屬於自己的位置，就必須成為模範生，畢竟我被賦予的定位形象就是如此：功課好、聽從大人的話、有禮貌。

然而，大有真彷彿把拼成我的那幾塊拼圖從拼圖板中拿了出來，讓我感覺自己好像被拋棄了一樣。我還能回到屬於自己的位置嗎？

「喂，妳電話也不接，站在那裡做什麼？哪裡不舒服嗎？」

路過的阿姨碰了碰我的手臂如此說道。我回過神來，原來是背包裡的手機鈴聲響了，顯示的來電號碼是「家」，原本平復的心一下子跳了起來，鈴聲中斷了以後又再次響起，我深呼吸了一口氣，把電話接了起來，是媽媽。

「怎麼了？」

我的聲音卡在了喉嚨裡，發不太出來。

「妳現在人在哪裡？妳是不是忘記今天要去惠妍的演奏會了？」

惠妍姊姊是二姑姑的女兒，她在大學主修鋼琴，今天要舉辦發表會，本來說好要在放學後馬上回家，換上衣服前往表演場地，卻被我忘得一乾二淨。然而，以我現在的心情來說，我既不想和家人一起去看表演，也不願意跟親戚們見面。

「媽媽，我可以不要去嗎？我有一堆補習班的作業要做，課後也要預習明天的進度，還要準備期末考試……」

我是準備報考特目高[5]的考生，其競爭的激烈程度可不亞於大學入學考試，所以我有充分的理由不參加週末聚會。

「是嗎？不過我想說要在外面吃飯，所以沒有事先準備午餐。」

看來媽媽也不一定想要帶我去，這也是我認為我是媽媽帶來的孩子的理由之一，媽媽從以前就不怎麼帶我去親戚的聚會。

「我會自己看著辦的。」

媽媽叮囑我有關午餐的事情後就把電話掛斷了。我這才開始挪動腳步，但是大有真剛剛說的話就像錄音機在播放一樣，抓準了機會在我耳邊重新響起。

她說我割斷了洋娃娃的脖子，扯掉了洋娃娃的腿？所以媽媽是第一個發現這件事情的人？可是在我的記憶裡卻什麼也沒有，既然是發生在我身上的事情，我怎麼可能會不知道嗎？也對，現在正準備回家的我也不像是我自己，我想去別的地方，但是這雙腳除了學校、補習班和家以外哪裡都不知道，正朝回家的方向而去。

如果大有真說的話屬實，如果我真的遭遇過那些事情……我突然開始對於裝著自己的這副身體感到厭惡，大人們的眼神就像鋒利的刀刃般刺進了我的內心深處。難道是因為這樣，所以他們才會用那種眼神看我嗎？不是的，不可能，我用力搖了搖頭，如果這是真的，那我怎麼可能會不記得呢？一定是因為我讓大有真在上課的時候成了笑柄，所以她想要報復我。

既然如此，我的媽媽和她的媽媽又為什麼會認識呢？媽媽不是說她只是來問路的嗎？對，應該是這樣，我才沒有發生過那種事情，什麼事情都沒有發生過——我對自己如此說道。

5譯註：全稱「特殊目的高中」，韓國一種以特定領域之專業教育爲目標的高中類型，包含了培養演藝、體育人才的藝術高中、體育高中，以及以升學爲導向的外語高中、科學高中等等。其中外語高中、科學高中等升學導向的學校對於學業成績的要求甚爲嚴苛，入學門檻非常高，不過只要考進這些高中，就如同掌握了前往國內外知名大學的入場券，是許多韓國學生和家長們心目中的第一志願。

一走進空蕩蕩的房子，我就感受到了獨處的安心感。我拿出準備換洗的衣服，走向了浴室，因為全身都被汗水弄得濕答答的，所以我想要趕快沖洗。脫掉衣服，轉開熱水，由於是離子軟水器，所以等到熱水出來需要一段時間。把水轉開之後，我站在鏡子前，照了照鏡子，我的身體和小學時比起來沒有多大的變化。

幾天前，我的姊妹淘允珠小聲地問我月經來了沒有，當我說我還沒來時，她的表情一下子舒展開來。允珠的功課不錯，也很文靜，所以我還滿喜歡她的。允珠說其他人都來過一次月經了，可是自己卻還沒有來過，所以覺得很羞恥，也很羨慕那些胸部開始發育的同學，於是我告訴她，那些同學只是胸部和屁股變大了，想法還是跟小孩子沒什麼兩樣，沒什麼好羨慕的。

「那不是很正常嗎？媽媽也覺得有點擔心，所以我們決定如果暑假之前還沒有來的話，就要到醫院去檢查看看。」

我原本以為月經還沒有來是件幸運的事情，所以允珠的話讓我感到很意外，一直以來，我都很害怕自己要是像學號靠後的同學一樣長得太快，散發出女人味的話，就會從拼圖板上屬於我的位置被趕出來。

在鏡子裡，我看到自己有雙又大又圓的眼睛，這雙眼睛宛如嬰兒般清澈而純潔，我想要永遠保持這個樣子。在身上抹肥皂時，我想起了大有真的話。

「園長他不是對綠綠班的女生下手做了壞事嗎？」

被水蒸氣籠罩得霧濛濛的鏡子裡一下子閃過一張臉，我連忙擦了擦鏡子，可是那張臉在轉眼間就消失得無影無蹤。

「妳是真的不知道嗎？那個混蛋的所作所為不就是因為妳才東窗事發的嗎？妳回到家割斷洋娃娃的脖子，扯掉洋娃娃的腿，所以事情才傳出去的不是嗎？」

頃刻間，我感覺彷彿有蟲子在我身上爬行，我尖叫著癱坐在地上，觀察全身上下各個角落，沒有發現任何蟲子，但是那股感受也未免太過鮮明了。我一口氣站起來，為了趕走那分感覺，我拿著搓澡巾用力洗刷身體。

啊，我以前好像也曾經這樣子刷洗過身體。籠罩在水蒸氣中的鏡子裡又閃過了一幅場景，有個女人沙沙作響地刷洗著孩子的身體，孩子哭著喊疼，於是女人就賞了孩子一記耳光。孩子好像是第一次挨揍，沒想到自己會被打，所以受到了不小的驚嚇，停止啜泣。強忍的啼哭蓋住了孩子的呼吸，即便如此，女人還是繼續刷洗著孩子的身體，像是恨不得把孩子的皮都剝下一樣。我把蓮蓬頭噴出的水柱對準鏡子，在孩子和女人消失的地方，只剩下原本注視著她們的我，那張臉跟方才動手打孩子的女人一樣蒼白。

走到客廳，熟悉的家庭場景平息了我的內心。我家的客廳就像在室內設計雜誌上介紹的房子一樣美麗舒適。我把待洗衣物放進洗衣籃裡，一邊吹著頭髮，一邊拿出牛奶和麥片。雖然媽媽說有飯和湯，但是在讀書之前，我只打算簡單吃點東西墊墊胃。我對媽媽說的話並不全然是不想去演奏會的藉口，我也希望能夠維持期中考的成績，所以必須好好利用這段其他同學都在玩耍的時間。

吃完麥片後，我還是感到肚子有點空虛，冰箱裡有鳳梨罐頭，我把它拿出來吃掉，結果覺得更空虛了，於是我在麵包上抹了奶油和果醬來吃，但是吃完後那股飢餓感依然沒有消失。我只好按照媽媽的指示，用微波爐加熱湯，把飯倒進去做成湯飯，直到飯都堵上喉嚨，我這才覺得肚子飽了。

我泡了一杯咖啡，走進了房間。我沒有時間胡思亂想，我的首要目標是考上外語高中，第二個目標則是進入ＳＫＹ[6]或國外的知名大學就讀，不管媽媽是我的繼母，還是爸爸是我的繼父，如果想要以家庭成員的身分站穩腳跟，這是我唯一的一條路。

基礎科目每天都要確實做好預習和複習，我翻開國語的自修參考書，在讀到短文裡的小說時，「性」、「暴」、「力」三個字放大成粗體跳出來，我嚇了一跳，眨眨眼睛，那些字又重新回到自己所在的句子裡，再也找不著了。我的胸口撲通撲通地跳起來，大有真說的壞事指的不是別的，應該就是性暴力，這個詞彙三天兩頭都會出現在電視新聞和報章消息裡，我從來沒有想過，這個詞彙會跟我扯上關係。

洗澡時湧上的那股感覺又甦醒過來，但是這次不像是有蟲子在爬，而是一股更具體、更清晰的感受。有一個受到驚嚇的小孩子，就是剛才被自己媽媽打的那個孩子，她正躊躇不定地向某人靠近，另一個人只能看到他的胸口，他讓孩子坐到自己的膝蓋上，接著掀開了孩子的裙子，孩子那又大又清澈的瞳孔因為恐懼而放得更大了。

啊啊！我尖叫了一聲，然後胡亂搖搖頭，希望我的尖叫聲可以嚇跑所有幻影。因為大有真所說的話，這幾天來自四面八方的所見所聞，原本藏在腦海裡的事物，一下子宛如親身經歷般浮現上來，就是這麼一回事，我又開始感到反胃，看來我吃得太多了。正準備打開浴室的門時，我突然停住了腳步，因為我害怕要是走進去，剛才看到的幻影就會朝我撲過來。我跑到臥室的廁所，但只是不停乾嘔，沒有吐出任何東西，

6 譯註：韓國三大頂尖名校「首爾大學」（Seoul National University）、「高麗大學」（Korea University）與「延世大學」（Yonsei University）之英文字首合在一起形成的簡稱，SKY長期名列韓國大學排行榜前五名，被譽爲「韓國大學的一片天」。

我鬱悶得快要瘋掉。雖然我把手指伸進喉嚨，可是流出來的依然只有眼淚。正當我捶胸頓足時，我看到了爸爸放在置物櫃上的香菸和打火機，想起了教育旅行時發生的事情，當時的香菸把我搞得頭昏腦脹，那些同學後來沒有再欺負我的原因，可能就是因為我當時昏過去了。

我把手伸向爸爸的香菸，究竟這次香菸能不能像當時一樣，幫助我逃離現在的情況呢？我拿出了一根香菸，手指不停顫抖著，經歷了幾次失敗以後，才終於用打火機把火點了起來。我手忙腳亂地吸了一口煙霧進去，腦袋頓時感到天旋地轉，我開始不停咳嗽，再抽了一口，煙霧充斥著我的大腦，我搖搖晃晃地靠在了廁所的牆壁上。

我想離家出走

我實在是不想再住在這個家裡了，在我的家人中，沒有一個人真正理解我，無論是把孩子當作所有物、事事干涉的媽媽，還是對媽媽來說既可愛又討人喜歡的小兒子但對我來說只是沒有教養的討厭鬼亨鎮都一樣，起初我還以為爸爸是最了解我的人，但是沒想到連爸爸也是如此。

那是在星期日白天的時候，媽媽提議中午吃完飯後一起去公園散步。

「我不要！」

「不行！」

我和亨鎮同時喊了出來，亨鎮說他已經和朋友約好要去溜冰，我則離不開電腦，因為建宇說要找時間跟我聊天。上個禮拜建宇終於提議交往，我當然答應了他，我們現在已經不是小學同學，而是進展成男女朋友的關係了，雖然星期天沒辦法直接見面約會，但是至少也要聊聊天才行。爸爸擺出了一副怎麼樣都無所謂的表情。

「現在就已經這個樣子，等到我們老了以後，大概連正眼都不會瞧我們一下，看來我們得先做好心理準備，對吧，老公？」

媽媽露出失望的神情，向爸爸尋求認同。雖然媽媽把自己形容得如同無辜的受害者般，但是嚴格來說，她根本是自作自受。在我還小的時候，我是那麼渴求媽媽的愛護和關注，可是媽媽卻嫌我很煩，千方百計地想要擺脫我，結果現在竟然把我講成不孝女，實在是太冤枉了。當然，亨鎮受到這樣的數落只能說他活該，畢竟在亨鎮出生以後，年幼的我就被送去阿姨家照顧，在那段時間裡，是亨鎮獨享媽媽的後背與擁抱。

爸爸只是稍微附和好讓自己不要被拖下水，接著他走到客廳打開電視，一下子就沉浸在了職棒轉播之中。我假裝幫忙收拾桌子，然後趁機溜回自己的房間，我可不想成為媽媽的出氣筒。

「明明人家都說女兒長大以後就會成為媽媽的朋友……」

我不打算接著聽下去，在關上房門時還故意發出聲音。大人們對孩子的要求實在是太多了，按理來說，大人比孩子先經歷過童年與青少年時期，就應該主動成為孩子的朋友才對，孩子明明還沒有體驗過當大人的滋味，大人竟然就要孩子成為大人的朋友，真是讓人哭笑不得。

我連忙確認電腦螢幕，建宇沒有傳訊給我，素羅倒是跟我打了幾次招呼，在最後傳來的訊息中，她說要去打遊戲所以晚點再聊。我好久沒有登入東赫哥哥的粉絲俱樂部了，與其心急如焚地等待來自建宇的聯絡，不如在粉絲俱樂部玩耍消磨時間比較實在。雖然我撕下海報，但是不代表內心也疏遠了東赫哥哥，東赫哥哥最近即將發表新歌，我得要幫他加油打氣才行。在俱樂部的論壇上，冒出許多這段時間沒有讀到的文章。

正當我認真閱讀貼文和留言的時候，收到恩京傳來的訊息。在答應和建宇交往時，我拜託建宇要和恩京保密，表面上的理由是因為害羞，實際上則是擔心建宇會發現我留給他的手機號碼是素羅的，我懷著愧疚的心情讀起恩京的訊息。

▼號外！號外！建宇交女朋友了！聽說還是個功課超級好的女生。到底是誰啊？妳知道嗎？

看到這句話，我的胸口不由得為之一震，恩京大概作夢也想不到那個人就是我，考慮到「功課超級好的女生」與我之間的等級差距，這也是理所當然的。

▼妳是從哪裡聽說的？

▼我們班上的班花說想要跟他交往，結果他回答說自己已經有女朋友了，有人問他是什麼樣的人，他說那個女生是全校第一名。哈哈，我還是第一次看到有男生喜歡功課好的女生勝過長得漂亮的女生，要知道，我們班上的班花外號可是叫做小全智賢[7]呢

小全智賢都說想要交往了，建宇竟然為了我而拒絕，不過比起戰勝小全智賢的喜悅，內心的沉重感更為巨大，建宇說他喜歡我愛笑、有幽默感和真誠，但是在其他地方卻把全校第一名拿出來說嘴。這或許才是建宇喜歡我的真實原因，即使他說愛笑、有幽默感和真誠是和我交往的真正理由，卻不敢光明正大地講出來，就足以證明這一點。

要不然我跟建宇提分手吧？與其在露出馬腳後被狠狠甩掉、落得狼狽不堪的下場，還不如由我先發制人，可是我不想這麼做，哪有連一次約會都沒有就分手的道理？我真的好希望趕快得到手機，既然媽媽對於我的要求無動於衷，我要不要試著拜託爸爸看看呢？對了，反正我的生日也快到了，只要拿這點來攻掠爸爸，搞不好他會

動用私房錢買給我也說不定。

就在此時，爸爸敲了我的房門，爸爸和媽媽不一樣，聽到我應聲才會把門打開，所以我感覺和爸爸比較心有靈犀。

「有真啊，可以陪爸爸出門一趟嗎？」

看起來大概是媽媽吩咐爸爸出去買菜，竟然這麼快就迎來了攻掠爸爸的機會，真是太幸運了。

「要去哪裡？」

我掩飾住興奮的神情如此問道。

「爸爸的手機壞掉了，想要換一支新的，不知道最近哪一款比較好，所以想要請妳幫我看一下。」

就像當初聽到建宇提議說要交往一樣，此時我的胸口撲通撲通地跳起來。無論是西裝還是皮鞋，爸爸都不會輕易換新的，他總是說東西堅持久一點用起來會更舒服，

7 譯註：韓國著名女演員、模特兒，影視代表作《我的野蠻女友》、《來自星星的你》。

要是手機壞掉了，這樣的爸爸不可能沒試著修理就決定買新手機的，所以爸爸要買的是我的手機！換句話說，爸爸其實是讓我挑自己要用的手機。如果媽媽也知情的話，爸爸應該早就對我擺出一副恩人的架子了，看爸爸沒有多說什麼的樣子，大概是打算偷偷幫我買，我要是在這個時候問得太多，只會讓爸爸為難而已。

我好不容易才忍住不停外溢的笑意。

「等一下，我洗個臉就出門。」

我匆匆忙忙地跑到廁所，在洗臉時腦海冒出了一個想法，那就是爸爸沒辦法瞞著媽媽偷偷買像手機如此昂貴的東西給我，這麼大一筆錢需要經過媽媽的批准，難道是媽媽想為上次的事情道歉，所以才決定幫我買手機嗎？看起來好像是這樣，難怪媽媽剛剛會提議要去公園走走，她是打算假裝去公園，接著再帶我去通訊行買手機？一想到這裡，我不由得感到有點愧疚，自己竟然沒有意識到媽媽這層深刻的用意，就無情地拒絕她。

上個星期媽媽說她幫我買了衣服，要我試試看合不合身，但是那幾件衣服無論是顏色還是設計我都不是很滿意，所以連試也沒試，不用看就知道那大概在清倉拍賣的地方買的。

「要不然我們一起去換妳喜歡的衣服。」

媽媽如此說道，看到自己的眼光遭到否定，她的表情似乎正強忍不愉快的情緒。

「妳把貨退一退就好了，我自己去買。」

顯而易見的是，就算跟媽媽一起去換貨，我也沒辦法隨心所欲地挑選喜歡的衣服。

「妳又想到哪裡去買不像樣的衣服？」

這次輪到媽媽來數落我的品味了。

「再怎麼樣，我也不會跟妳一樣買那麼落伍的衣服，妳不用擔心。」

「妳這個ㄚ頭，真是愈來愈過分了。喂，青春期有什麼好了不起的？」

媽媽猛然拉高了音量。她動不動就拿青春期來說三道四，還隨便加油添醋亂下註解，實在是讓人很反感。

「為什麼妳連這都要扯到青春期？我真是沒辦法跟妳溝通！」

我走進自己的房間，砰地甩上門，還沒沒得及把門鎖起來，媽媽就推門走進來。

「妳過來跟我談談，妳到底有什麼好不滿的？妳成績考那麼爛我們都沒有罵妳了，還要全家人配合妳……」

哼，我嗤之以鼻地打斷媽媽的話。我就知道，我還想說她怎麼沒有提到成績，看來是想起投資在我身上的成本，要是那麼捨不得的話，為什麼要把我生下來呢？直接生五個像亨鎮一樣的小孩來養不就好了嗎？這些想對媽媽破口大罵的話在內心深處接二連三地湧上。我坐在書桌前，一口氣調高了喇叭的音量，可就在那一瞬間，我突然眼冒金星，原來是媽媽把我的腦袋砸在桌子上，抬頭一看，媽媽正把手插在腰上喘著粗氣，我朝著媽媽怒目而視。

「妳現在這是什麼態度？沒聽到媽媽在跟妳講話嗎？妳怎麼這麼沒有規矩！」

大人們每次都這樣，說我仗著青春期為所欲為，結果自己也仗著媽媽的身分擺出一副盛氣凌人的態度，無話可說的時候，就拿大人的權威來壓我們。此時如果公然反抗是很幼稚的行為，於是我調整好呼吸，雙手抱胸，盡可能用最恭敬的語氣開口說道：

「媽媽，我可以跟您說句話嗎？」

我彬彬有禮地面帶微笑，媽媽露出了一副「這又是在演哪一齣」的表情。

「妳說說看。」

「雖然早就知道媽媽您很無知，可是沒想到您還有暴力傾向，這次我就忍了，以後請您不要再進我的房間。」

我用充滿教養又堅定的語氣如此說道。

亨鎮之前沒有先敲門就在我換衣服的時候走進來，被我下令禁止出入我的房間，沒想到媽媽會成為二號。

看來媽媽是想為當時的事情道歉，所以才決定幫我買手機，仔細分析我脾氣暴躁的原因，其實也正是因為手機，只要媽媽肯買手機給我，我願意大人不計小人過，不跟她計較這點小事。事實上，媽媽平時幾乎不會使用暴力，當天媽媽可能只是一時在氣頭上才會動手，我也確實有點太故意了。我的心胸簡直比天空還要寬廣。

街道被新綠妝點並閃閃發亮，在我的眼中，此時的葉子比花兒還要耀眼。我終於可以用自己的手機和建宇傳訊了，這至少可以解決一部分欺騙建宇的罪惡感。建宇把我當成全校第一名，從某種角度來看也不是我的錯，我只是沒否認罷了。話雖這麼說，只要有了手機，我就會拚命地讀書，哪怕只能前進一步，我也要讓自己更靠近第一名。

我挽著爸爸的手臂，小時候那個嚷著要跟爸爸結婚的女兒如今已然遠去，原本看起來有點寂寞的爸爸此時開心得合不攏嘴。

「讀書應該很辛苦吧？不過妳這次成績有進步，真是太好了，爸爸也不希望我們有真以後因為成績而做不了想做的工作。」

聽到爸爸的話，我不由得噗哧地笑出聲來，爸爸的意思根本就是「我幫妳買手機，妳要好好讀書」。

「我知道了，我也想在期末考拿到更好的成績。爸爸，聽說十字路口那邊開了一家新開的手機通訊行。」

幾天前，宣傳模特兒和氣球人偶一起跳著舞，宣告他們開業了，此時我的內心也脹得鼓鼓的，就如同機器充氣的氣球人偶一樣。

「是嗎？那太好了，如果是剛開沒多久的店，服務應該會更好吧。」

我看著爸爸的臉，他的心情好像也不錯，畢竟要幫女兒買吵著說想要那麼久的手機，爸爸應該也很開心。要買哪一種機型呢？既然要買，我想買最新款的手機，不過要是爸爸嫌太貴，堅持買普通機型的話，又該怎麼辦才好呢？就連擔心這些，都讓我感到好快樂。

雖然已經沒有氣球人偶和宣傳模特兒了，但是跟同一棟建築物裡的其他門市比起來，新開的手機通訊行看起來更加新穎時尚，櫥窗裡也琳琅滿目地陳列著各式最新款的手機。

「爸爸，那一支手機好漂亮。」

一支紅豆色和銀灰色相間的手機映入了我的眼簾，那是最近廣告打得正凶的最新機型。

「那支會不會有點太孩子氣了？」

爸爸歪了歪頭如此說道。爸爸，我知道一直以來我都吵著不要把我當成小孩子，但是也不要把我想得太大，畢竟我也才國中二年級，那款手機正好適合我啊。我們走進通訊行，店員們一邊大聲跟我們問好，一邊招呼我們。

「先生您好，有什麼可以為您服務的嗎？」

一位店員姊姊面帶笑容，親切地如此問道。

「我要看手機。」

似乎意識到是一位姊姊，爸爸用清脆俐落的嗓音如此說道。這種程度我得要睜一隻眼閉一隻眼，就算讓亨鎮來，肯定也會想要討好漂亮的姊姊。

「是哪一位要用的？是先生您嗎？」

我的胸口再次撲通撲通地跳起來。爸爸會在這裡坦白手機的真正主人嗎？還是會為了給我一個驚喜而隱瞞下去呢？

「是我要用的。」

啊，不懂得說謊的爸爸此時該有多麼不知所措呢？我偷偷別開了頭。

「好的，請您往這邊走，先生。」

店員姊姊把我們帶到玻璃展示櫃前，在這間不怎麼寬敞的門市裡，這種導覽服務實在是有點過於熱情，不過這應該可以幫助爸爸下定決心購買最新型的手機，展示櫃裡面還有另一位店員姊姊在等候著。

「這一支怎麼樣？相機的畫質很好，設計也很輕薄，是最新款的手機。」

「我，我倒是不需要用到最新款……」

爸爸講話開始變得有點結結巴巴的。

「為什麼呢？爸爸，既然要買手機，就應該買最新款的啊。」

我非常喜歡那支手機，如果有了，我就可以成為班上手機拿最好的人。

「對啊，這款產品現在是促銷活動期間，根據您選擇的費率……」

店員姊姊的態度和藹可親，滔滔不絕地說明著。

「妳覺得怎麼樣？妳也覺得這支看起來不錯嗎？」

爸爸對我如此問道。

「嗯，爸爸，我超喜歡的。」

我拚命忍住不自覺露出的笑容，面對精心準備驚喜的爸爸，我得要遵守最起碼的禮貌，畢竟要是被我發現了，爸爸搞不好還會被媽媽臭罵一頓。

「是嗎？那就聽我們家公主殿下的話吧。」

爸爸偷偷強調他買這支手機並不是因為店員姊姊，而是取決於我的意見，接著從錢包裡掏出了信用卡。

「對了，您要把儲存的電話號碼轉移到這支手機裡對吧？請交給我，我來為您處理。」

這真是意想不到的伏兵，爸爸已經瞞不下去了。我以為爸爸會說不用，無可奈何地坦白這支手機其實是要送給我的，即便如此，我也有信心自己直到生日當天都不會忘記這份喜悅。然而，爸爸卻從口袋裡掏出了舊手機，接著對我說：

「有真啊，這支手機我幫妳修理一下，妳要用嗎？」

那是一支半邊螢幕已經碎了的古董手機。

我不知道自己是怎麼從通訊行裡走出來的。算了，退一百步來說，這的確也算是我的錯，是我太異想天開了，畢竟爸爸從來就沒有說過要幫我買手機，可是爸爸明明知道我是多麼迫切地渴望擁有一支手機，既然沒有要幫我買的話，他就不應該帶我去通訊行才對。

就這樣，爸爸成了禁止出入我房間的三號。一家四口除了我以外，其餘三個人全都被列入禁止出入我房間的黑名單。都走到這步田地了，我是不是應該離家出走呢？我真的好想離開這個家。

「爸爸，你買好手機了嗎？爸爸呢？怎麼只有妳一個人回來？」

我推開門走了進去，媽媽一邊觀察我的身後，一邊如此問道，不過我沒有心情回答。我把鞋子脫掉，砰砰砰地徑直往我的房間走去，但是打開門一看，我發現禁止出入名單上的一號亨鎮就坐在我的電腦前。明明不久之前，亨鎮才剛從大阿姨家的哥哥那裡接手一臺電腦，可他還是動不動就偷用我的電腦，畢竟接手來的電腦實在是跑得太慢了。

「喂，你為什麼會在這裡？馬上給我滾出去！」

我用力大吼了一聲。

「姊姊妳男朋友的名字叫建宇嗎？」

亨鎮不但沒有出去，反而還笑嘻嘻地如此問道。

「什麼？你這個小子！你幹了什麼好事？」

我連忙衝進了房間裡。

「我什麼也沒做，只是在玩遊戲的時候，我看到他跟我說話，所以回了幾句而已。」

「你有說是你嗎？有沒有跟他說你是我弟弟？」

「沒有，那個哥哥就是以為我是姊姊妳，所以才會跟我說話啊，萬一跟他說了我是妳的弟弟，我怕他會覺得很丟臉，所以我就默認了。嘻嘻，那個哥哥說他想看姊姊變成什麼樣子了，所以我說改天會拍照傳給他。」

這真是！心底那顆原本遲遲等不到機會的炸彈一下子炸裂開來。我拿起放在桌上的字典，朝著亨鎮的頭狠狠砸下去，亨鎮抱著頭開始哇哇大哭，循著哭聲趕到房間的二號看到亨鎮的頭，也高聲尖叫。

「哎呀，流血了，這該怎麼辦！怎麼辦才好啊！」

聽到「血」這個字眼，我的胸口不由得為之一震，即便如此，我的氣還是沒有消。

「發生什麼事了？怎麼啦？」

爸爸，不對，是三號也跑進來。

「你趕快去把藥箱拿過來。」

一號發出誇張的慘叫聲，好像他的頭被打破了一樣，提著藥箱過來的三號正檢查著一號的頭部。

「沒事的，只是被字典的稜角劃傷，只要消毒後擦點藥就好，但是怎麼會弄成這樣？」

聽到他說沒事，我頓時鬆了一口氣。在消毒和擦藥的時候，一號依然不停大吵大鬧著喊疼，看來是想要害我被罵，所以才故意裝得很嚴重，真是令人討厭。突然間，二號一個箭步衝了過來，開始猛搥我的後背。

「妳到底怎麼啦？為什麼變得愈來愈粗暴了！妳是想混黑社會嗎？」

二號真是不諳世故，竟然還問我怎麼了，要是這種程度就能混黑社會的話，這個世界早就淪為黑社會的天堂了。我朝著二號高聲叫喊道：

「是亨鎮有錯在先，他動不懂就跑到別人房間亂玩電腦，還偷看我的訊息，所以才會鬧成這樣的！」

「難道弟弟有錯，妳就可以用跟石頭一樣的字典砸他的頭嗎？要是再不小心一點，妳不就把他活活打死？」

二號狠狠地瞪了我一眼，緊緊抱住一號，一號把臉埋進了二號的胸口，表情看起來十分甜蜜。也對，親愛的兒子頭上流血，她的心大概都快要碎了。這十五年來，媽媽唯一愛我的瞬間，就只有在發生那次事件的時候，唯有發生那種事，她才會對我表現出關心，難道要等我得了不治之症，活在有限期的人生裡，才能繼續受到愛護嗎？悲傷的情緒在心頭波濤洶湧，我攤坐在地上，嚎啕大哭起來。

「不是啊，明明是妳闖禍，還反過來惱羞成怒，妳有什麼好哭的？」

媽媽露出了一副百思不解的表情。

「有真啊，弟弟固然有錯，可是妳怎麼可以使用暴力呢？妳看爸爸媽媽什麼時候打過妳了？」

爸爸說的話一點也沒有安慰到我悲傷的情緒。

「你們以為只有打人才是暴力嗎？難道你們以為自己沒有對我造成傷害嗎？」

「妳說什麼？爸爸媽媽什麼時候傷害到妳了？妳倒是說說看。」

媽媽放下亨鎮，坐到我的身邊。明明能舉的例子多得嚇人，但是突然要我說，我又想不出該講什麼了，不過可以確信的是，今天的事情一定會清晰地烙印在我心裡。

「爸爸今天對我造成的傷害就比揍我一百下還痛。」

「什麼？妳這孩子，我怎麼樣傷害妳了？」

受到指控的爸爸滿臉委屈地看著我。

「我還以為你是要買我的手機，但是結果呢？」

我又忍不住哭起來。

「妳這孩子，爸爸不是說過這是要買給爸爸自己的嗎？」

「可是我……我還以為你是因為我的生日快到了準備給我一個驚喜。而且，爸爸你明明換了最新型的手機，怎麼還敢說要把自己用壞的落伍手機修一修拿給我？我們班上沒有手機的人就只有我一個，所以我只好給建宇素羅的手機號碼，難道這些都不算是傷害嗎？」

要說沒有手機的人就只有我一個，這倒是誇張了點，但在說出來之後，這句話彷彿化為了事實一般，讓我覺得自己好像更可憐了。即使遭到這樣的對待，我也無法離開這個家，現實真是太悲慘了。

我想砸碎我的頭

我的腦海時不時浮現出孩子面對恐懼的膽怯模樣，能夠抹去那些幻影的，就只剩下香菸刺鼻的煙霧了。

活著

只要活著就會有好日子，畢竟人家都說如果衷心期盼，願望就會實現，我終於拿到手機了，而且還是最新款。媽媽說，為了填補家計因為這筆意想不到的支出而產生的缺口，她會減少我的零用錢，這點我當然願意接受。媽媽說期待我能夠讓她嘗一嘗看到女兒成績進步的喜悅，這當然也是我所企盼的。別人家的孩子都是無條件獲得的手機，我卻費盡千辛萬苦才拿到，不過我並沒有委屈的感覺，或許正是因為好不容易才得到，所以我倍感開心。

我跟建宇說我換了最新型的手機，連電信公司也順便換了，並把我的真實號碼告訴他，在這之前，我都是靠素羅幫我搭橋牽線，如果少了她，我也等不到這一天。有的朋友就像小有真一樣，會為你帶來痛苦，也有的朋友就像素羅一樣，是你不可或缺的，也許正是因為如此，大家才會說這個世界是公平的，大人們說的話有時候真的很有道理，「天下沒有白吃的午餐」這句話也不容置疑。

媽媽不僅幫我買手機，還想要深入了解我和建宇的關係，除了建宇把我當成全校第一名以外，我都一五一十地告訴了媽媽，畢竟目前也只有互傳訊息而已，所以沒有什麼好隱瞞的。聽完我的描述，媽媽反而露出了失望的表情，說了一句「這也沒什麼啊」，看來她期待聽到的是更浪漫的故事，給我等著，可惡。

「好吧，那你們就好好交往吧！但是妳也要用功讀書喔，我聽說建宇的功課還不錯。」

聽到媽媽這句話，我嚇了一大跳。

「媽媽妳怎麼會知道？」

「我是在聚會上聽到的。」

我上過的幼稚園小朋友媽媽們組了一個聯誼聚會，媽媽到現在依然有在參加。媽媽說她們每兩個月會見一次面，在聚會上吃吃喝喝、聊聊天是讓她感到最放鬆的美好時光。

「建宇媽媽也有參加聚會嗎？」

我擔心媽媽會不會像在和阿姨聊天一樣，把我的事情通通告訴她們。

「建宇媽媽忙得很，怎麼可能會來參加。妳幼稚園的時候，建宇媽媽還在讀研究所，所以也都是奶奶接送建宇上學不是嗎？」

或許就是由於這個原因，所以我對建宇媽媽沒什麼印象。在校外教學和遠足的時候，有幾個小朋友總是由奶奶陪同，建宇似乎就是其中一個。

「那麼建宇媽媽現在是在上班嗎？」

「沒錯，而且是管理階層，好像是什麼青少年諮商所的所長，聽說她還在各地巡迴演講。建宇媽媽真有福氣，老公是大學教授，可以一路做到退休，不用擔心被開除，自己也有一份像樣的工作，兒子的成績還很優秀，妳以為就只有這樣而已嗎？聽說他們之前買了間公寓起來放，結果遇到重畫開發，躺著就賺了一大筆錢。」

我們的對話不知不覺變成媽媽的抱怨時間，聽媽媽的說法，會覺得媽媽好像是這個世界上最不幸的人。在中小企業上班的爸爸離四十五歲退休的「四五停」[8]已經不遠了，媽媽自己也只管得了家務事，女兒的成績一直在中下游徘徊，兒子雖然功課還算不錯，但是未來的表現如何至今仍是未知數，公寓連貸款都還沒繳完，就因為偷工減

8譯註：韓國流行語，用以形容那些因爲經濟不景氣，四十五歲就被迫從公司退休的中年上班族。

料一天到晚出問題⋯⋯。

然而，媽媽羨慕建宇他家並不見得是一件壞事，雖然要說這種話還有點言之過早，不過以後要是我和建宇結婚，媽媽現在羨慕的一切都將屬於我，從這個角度來說，媽媽幫我買手機，其實是富有價值的一項投資。我緊緊地抱住媽媽說：

「媽媽，妳不用擔心，我會用功讀書，在期末考拿到更好的成績。」

啊，想要讀書的動力一下子湧上來。

「還有，媽媽妳去參加聚會的時候，不要隨便亂講我的事情，搞不好會傳到建宇媽媽的耳朵裡，知道了嗎？我們沒有必要白白被人家扣分不是嗎？」

「哎呀，妳擔心的是這個啊？也對，雖然以後的事情還說不準，不過和他們家當親家也不錯，畢竟我們彼此都已經很熟了⋯⋯」

話說到這裡，媽媽突然稍作停頓，瞄了我一眼。

「嗯，相處起來也更輕鬆，這不是很好嗎？」

媽媽的臉上閃過了一道陰影。什麼啊，難道是因為建宇的爸爸是教授，媽媽是所長，而他們卻沒有什麼拿得出手的頭銜，所以感到心虛了嗎？好，那我以後一定要成為超級名模，讓他們成為人人稱羨的父母。雖然我功課不好，長相也不是特別好看，但是個子很高。比起像洋娃娃一樣精緻的臉蛋，最近風格強烈的面容反而更受到大眾的喜愛，同學們都說我以後可以去參加超級名模大賽，一直以來，我都把這當成玩笑話，不過現在我產生想挑戰看看的夢想。

幾天後，我見到了建宇的媽媽。因為是週末，全家人難得聚在家裡，我和爸媽一起看了週末連續劇，後來在我的房間玩電腦遊戲的亨鎮也被叫出來吃水果，自從有了手機後，我和爸媽的關係變得再好不過，彷彿回到了懵懵懂懂的歲月，在我還把爸媽當成全世界的那個時候。

當然，要想完全回到那段時光是不可能的，就和我們無法挽回流逝的江水是同樣的道理。換句話說，我已經是一個成熟的女兒，以前要是媽媽做出了土裡土氣的行為，我一定會感到很丟臉，想要趕快逃離現場，但換作是現在，我會給她充滿愛心的建議，我們母女之間也有了更多的溝通。

這不僅僅是手機的功勞，而是因為我渴望擁有手機的心情終於獲得爸媽的理解，所以我也產生想要理解他們的心情。當然，願意給予無條件的理解才是最深的愛，不過畢竟我是還在成長中的孩子，由大人率先展現誠意不是天經地義的事情嗎？因為孩子們都是看著大人的模樣在學習中成長的。

媽媽告訴三姨說，我已經脫離青春期了，對於媽媽大嘴巴的行為，我用寬容的心睜一隻眼閉一隻眼。看到最近因為女兒處於令人頭痛的青春期，整天活得悶悶不樂的三姨，媽媽應該感到很欣慰，不過我可沒有打算挖苦媽媽，畢竟每個人都會藉由他人的不幸來印證自身的幸福，人類就是這樣的生物。現在全家人圍坐在一起吃水果聊天之所以會感受到快樂，也正是因為經歷了衝突的過程。

播完連續劇之後，電視上接著播放時事節目，談的是與青少年霸凌有關的主題，前幾天某間國中有個孩子因為遭到排擠和霸凌而自殺，所以媒體爭相討論這個問題，不過這也只是暫時的，大家很快就會變得漠不關心，直到下一次事件發生為止。

我一邊和素羅傳簡訊，一邊心不在焉地看著電視，聽到電視傳來鬧哄哄的聲音，我把視線轉向畫面，是一群人正在集體霸凌一個孩子的場景，看起來好像是偷拍的，搖晃的畫面打上馬賽克，孩子們的聲音也經過了變聲處理，為了過濾夾帶在對話中的謾罵和髒話，聲音一直斷斷續續的。雖然他們的年紀跟我差不多，但我也只是聽說有這樣的事情，從來沒有親眼見過這種場景。

「我的天，這是怎麼一回事？他都被欺負成這樣了，記者怎麼不上前阻止，還在那邊忙著偷拍呢？」

比起霸凌本身，我對於這個事實感到更加目瞪口呆。

「看來這不是記者拍的，而是有人去檢舉的。真是太扯了，好誇張，這個世界到底要變成什麼樣子……」

爸爸一邊嘖嘖感嘆，一邊摟住我的肩膀，在他的話語和行為中，包含了幸好自己的孩子沒有變成那樣的安心感。電視不只是個傻瓜箱子，因為有的時候它會幫助大人意識到現實。不久之前，有一個紀錄片節目，講述兒童患者住在病房裡的故事，看到患者和家人們的模樣，媽媽哭得泣不成聲，接著看著我說道：

「也是，功課不太好又怎麼樣，健康才是最重要的。」

然而問題在於，他們這樣的想法只是出於一時和衝動性的情緒，要是大人們在日常生活中也不會忘記這些領悟就太好了，撇開宗教不談，我希望《聖經》中「凡事都要心懷感恩」這句話是大人，尤其是身為父母應該遵從的第一守則。我敢拍胸脯保證，只要這樣做，就會減少一大半的青少年問題，年紀這麼小的我都懂得這個道理，不知道為什麼大人們卻偏偏不懂。

在身處學校現場的我看來，時事節目多少有些比現實誇張的成分，有時候還會把極端案例當成常態來採訪，如果真像節目裡播的那樣，學校根本就是暴力的溫床，學生也都跟無藥可救的垃圾沒什麼兩樣。節目還邀請專家們來發表意見，其中有個阿姨一出現，媽媽就高聲喊道：

「天啊，建宇媽媽上節目了，有真啊，有真爸爸！是建宇媽媽，建宇媽媽。」

就好像自己出現在螢幕上一樣，媽媽揮舞著拿來削香瓜的水果刀，興奮得大叫起來。原本靠在沙發上的爸爸坐起，我索性跳下沙發，走到電視機前面，亨鎮也叼著叉子盯著電視。建宇媽媽果然沒有辜負我的期望，看起來成熟又有教養。

「我們不可以把孩子當成大人的附屬品，青少年正處於驚濤駭浪的時期，所以應該好好理解他們的特性，沒有人一出生就是問題青少年，是大人們和這個社會讓他們變成這樣的。」

哇，怎麼和我想的一模一樣！我馬上打電話給回簡訊回得零零落落的素羅，素羅一接起來，我就對她說：

「喂，喂，妳趕快把電視轉到第八臺，現在建宇媽媽在節目上，是建宇的媽媽！」

「……是現在正在說話的這個人嗎？」

「對啊，是不是很有氣質？」

就在此時鏡頭一轉，畫面切換成主持人在講話，我也無心再繼續看節目，不對，應該是沒有理由看下去了，我拿起無線電話機站起來。

「電話不要講太久喔。」

媽媽隨即說出這句話。在我和素羅聊天的時候，電腦螢幕上跳出通訊視窗，是建宇。

「素羅，建宇傳訊息來了，我等一下再打電話給妳。」

我迫不及待地掛斷電話。

▼妳在做什麼？

▼我剛剛看到你媽媽了。

▼在哪裡看到的？

▼你沒看到嗎？剛才她不是在電視上嗎？

▼是嗎？我剛剛在玩遊戲。

建宇的反應顯得很平淡，反倒讓我對於自己這麼興奮感到有點難為情，畢竟像建宇他們那麼有水準的家庭，上電視也不是什麼大不了的事情，是我太大驚小怪了。

早知道就不要像是有什麼號外一樣打電話給素羅，應該在事後若無其事地順口帶過才對，我也差不多該培養一下這樣的格調了。

▼你的媽媽眞的很有氣質^^

▼——……

▼對了，你現在也跟奶奶住在一起嗎？

▼沒有，妳還記得我奶奶啊？

▼有點印象，其實是因爲聽我媽媽提到才想起來的，我記得去遠足的時候，你奶奶還跟你一起玩遊戲。

▼奶奶現在人在療養院，因爲她得了老年痴呆症TT，家裡又沒人可以照顧她TT，我好想奶奶TT

我不太喜歡跟大伯住在一起的奶奶，奶奶只喜歡孫子們，凡事都把表哥和亨鎮擺在第一位，有一次奶奶還把好吃的東西藏起來只給表哥和亨鎮吃。從那之後，我就很討厭奶奶，不過亨鎮倒是非常喜歡她。就連一年只見三、四次面的亨鎮都這樣了，建宇會想念一手把自己帶大的奶奶也不難理解。

▼TT

▼期末考準備得怎麼樣了？我覺得壓力好大。

建宇把話題轉移到學業上。雖然手機的問題獲得解決，但不代表這樣就結束了，還有全校第一名在等著我。素羅說，就像世界會更迭，心意會改變一樣，成績也會有所變化，所以只要說自己在期末考失常就好了。

「從全校第一名掉到三位數，這像話嗎？」

「妳不說名次不就好了，只要說沒拿到第一名就行了不是嗎？」

真是誘人的解決方案，但是我的心情也沒有因此變得比較輕鬆，畢竟在建宇的心中，我永遠都是「曾經拿過全校第一名的李有真」。

▼壓力就……我進來房間之前有跟家人看電視。

▼哇，妳簡直是游刃有餘啊……妳的媽媽沒有在上班對吧？

▼嗯。

▼眞好，我以後也要和只管家務的女人結婚。

▼＊^^＊

我感覺自己像被求婚一樣，如果不是的話，他為什麼要無緣無故跟我說這番話呢？如果建宇希望的話，就算擁有再優秀的才能，我也願意當家庭主婦。但是我可不會像媽媽那樣，我會穿上飄逸的家居服、圍上漂亮的圍裙，而不是膝蓋凸起來的彈力褲，也不會天天嘮叨錢和成績來折磨家人，在餐桌上，我不會囉哩囉嗦，而是會擺上芳香四溢的美麗鮮花。這麼看來，我不如把讀書的時間拿去學習烹飪和插花是不是比較好？

▼對了，妳下個週末有什麼計畫嗎？

插在心中的花瓣悄然綻放開來，那香味熏得我有種暈眩的感覺。就算原本有計畫，現在也沒有了，雖然前陣子決定要交往，但是僅僅透過聊天或通話也沒有什麼太大的變化，每次素羅問我說那為什麼要交往，建宇怎麼不提見面的時候，我就會暗自感到自尊心受傷，不過看起來建宇好像終於要邀我去約會了，畢竟不見面就沒辦法帶來變化和進展。尹尹，妳等著，我會幫妳提供很多小說題材的！雖然心裡已經打著如意算盤，不過我只簡潔地回了一句話。

▼怎麼了？

▼我和同學們說好要在準備期末考前去愛寶樂園玩，妳要不要一起來？我剛好有暢遊套票，因爲是夜間營業，所以可以玩到很晚。

和同學們一起？不是要邀我去約會嗎？雖然有點失望，不過想到他可能是打算把我介紹給自己的朋友們，心情反而變好了。

▼我們有三個人，妳也可以帶一個朋友來，暢遊套票有五張。

建宇和我似乎很有默契，他怎麼會知道我有像素羅這樣的好朋友，還叫我多帶一個人過去。一關掉建宇的訊息視窗，我就打電話給素羅，把格調什麼的忘得一乾二淨，大呼小叫地轉述建宇說的話。

對於我的第一次約會，爸媽也和我同樣興奮，在那之後的一整個星期，我彷佛只為了那一天而活著，雖然這段時間如同受到處罰般漫長，但是也可以讓我多品嘗一會兒幸福的滋味。我不時傻笑，春心蕩漾，就算深夜才從補習班回家，也不知疲倦為何物，像在表演時裝秀一樣不停試穿衣服，我在小時候最常玩的遊戲，就是試穿家裡所有的衣服，不過制服似乎讓我的時尚品味變得極為遲鈍。

在我身上到底發生了什麼事情呢

我把游標移到了搜尋欄上，這件事情已經一拖再拖。我在學校上到第六節課後，又在補習班上完第五節課和自習才回家，雖然全身疲憊不堪，但是我仍然沒有一絲睡意。想不起來的記憶宛如被刀子削去般，讓我無法在夜晚安然入睡，其實我想要重新找回記憶的渴望也不是特別強烈，甚至感到有點害怕，畢竟期末考已經逐漸逼近。

補習班從今天開始正式進入期末考的備戰狀態，雖然一直以來都是按照成績分班，不過在準備考試的期間，同一間學校或使用相同教科書的學生會被湊在一起上課。在重新分班的教室裡撞見大有真的瞬間，我嚇得心臟都快要停了，她也擺出一副臭臉，瞄了我一眼就馬上裝作沒看到我，我從來都不知道，原來大有真也上我們這間補習班。

自從上次和大有真聊過後，我們之間的關係反而變得更尷尬了，不過我仍然會情不自禁地偷偷觀察大有真，看起來她似乎連和我聊過什麼都忘得一乾二淨，跟以前比起來反而愈發有說有笑，每次看到她都在和素羅竊竊私語或嬉笑，在課堂上回答不出來的情況也變少了，猶如一隻把老虎推入坑洞後，高興得手舞足蹈的兔子一般，我現在的感覺就像掉進大有真設計好的陷阱裡一樣，只能在幽暗無邊又深不見底的坑洞裡掙扎。

我有點埋怨大有真突然闖進我的生活，儘管我也曾經想像爸媽其中一方是我的繼母或繼父，但是與我在這陣子感受到的混亂相比，大有真出現之前的生活平靜多了，如今我的人生，似乎永遠不會再有那樣的日子。我想要趕快從這個坑洞裡逃出去，最簡單的方法就是問媽媽，按照大有真的說法，媽媽是第一個發現那件事情的人，但是為什麼我們要在中途——大有真說是逃走了——離開那個社區呢？最奇怪的是，我為什麼不記得在我身上發生過的事情呢？媽媽、奶奶和外婆看我的眼神和發出的嘆息又代表著什麼呢？

我深吸一口氣，開始敲動鍵盤，我所有疑問的解答好像都在裡面。性、暴、力，這個單字已經打完又刪掉好幾次，我的手指在輸入鍵上游移不定，只要按下這個鍵，發生在我身上的事情就會宛如電影般一幕幕重現，可我卻沒有看的勇氣。

最後按下輸入鍵並不是出於我的意志，而是因為在手腕發軟的時候，我的手指掉到輸入鍵上。我趕緊閉上眼睛，過了一會兒，才勉強睜開眼睛盯著電腦螢幕。螢幕上充滿和關鍵字有關的內容，除了這些以外，還有多達足足十頁以上的資料，彷彿是要證明發生在我身上的事情有多麼嚴重和重大，好像全世界都知道，只有我還不知道一樣。放在滑鼠上的手不停顫抖著，想要知道的心情與不想知道的心情交織在一起，化作一股漩渦，我咬著嘴唇，按下了滑鼠右鍵。

映入眼簾的是運用數值呈現各種性暴力相關案例的資料，其中包含以女高中生為對象的現況調查，每兩個人裡面就有一個人表示，在小學以後曾經遭受過性暴力，看到女高中生有半數以上的人都有過這樣的經歷，讓我獲得一絲安慰，看來這種事情不是只有發生在我身上，或許就如同大有真說的一樣，只要當成被瘋狗咬了一口就好。

我究竟遇到什麼事情呢？雖然網頁上也有跑出對兒童施行性暴力的案例，但是我沒有勇氣點開它們，因為我害怕自己會相信，寫在那些頁面上的事情，就是發生在我身上的經歷。我還看到了遭受過性暴力的兒童會產生的後遺症：失眠、急性焦慮反應、嚴重恐慌狀態、語言發展障礙、注意力障礙、智能障礙……，幸好我沒有產生這些後遺症，生長發展遲緩——我的目光停留在了這幾個字上面。我到現在遲遲沒有出現第二性徵，會不會就是因為這個原因呢？可是我的姊妹淘允珠說她也是這樣，難道允珠也經歷過相同的遭遇嗎？

在閱讀螢幕上的文字時，我的心情就像是坐在一艘小船上，穿過滿是鱷魚的沼澤。那些字句宛如飢餓的鱷魚般，張開血盆大口，等待我乘坐的船翻倒。正當我匆匆瀏覽著網頁，生怕哪句話會把我活活吞掉時，有一段內容吸引了我的目光。

小時候如果遭遇性虐待，大部分都會透過心理上的潛抑或解離來選擇性遺忘，但是到了青少年時期，這段記憶往往就會甦醒，使人感到痛苦，抑或是後來在長大成人後，與異性產生親密感的瞬間，也可能會喚醒這段記憶。

這是在指我的情況嗎？我在搜尋欄上輸入「解離」，跑出相關的資料。

心靈，也就是意識的某個部分從其他部分被分離、解離所引發的現象。在極大的壓力之下，當個體承受不住壓力本身的時候，相關的所有記憶就會從意識被分離開來。

承受不住的時候？明明大有真看起來好端端的，怎麼在我身上就成了承受不住的事情呢？我還看到另一個名詞叫做「創傷後壓力症候群」，泛指在經歷會帶來強烈情感壓力，足以形成創傷的事件時，幾乎所有人都會產生的一種焦慮障礙，包含了各式各樣的症狀，其中也有短期失憶症，指的就是會僅僅忘記那段時間的記憶。

看來我的情況也屬於解離或短期失憶症，既然如此，就沒有必要勉強喚醒記憶不是嗎？真是甜蜜的誘惑，我想要這樣做，想要回到一無所知的過去。就在此時，我的腦海中浮現出了一個女人拿著搓澡巾用力刷洗孩子身體的模樣，只要孩子一哭，她就賞孩子一記耳光，是我上次看到的那些幻影，讓人驚訝的是，那個女人竟然是媽媽。或許我打從一開始就知道她是媽媽，只是不想承認那個女人是媽媽，而那個被打的小孩就是我的事實罷了。

媽媽為什麼要打我呢？我沒有被媽媽打過的記憶，也沒有看過媽媽打有善和有美，但是幻影中的媽媽為什麼要打我呢？猶如皮被活生生剝開般疼痛的記憶栩栩如生，就好像真的發生過一樣。

雖然藉由網路推測出我想不起來的原因，但是我的生活並沒有一絲一毫的改變，至少表面上看起來是這個樣子。我每天都會去學校和補習班，星期六要上外師的英文輔導課，星期天會參加志工活動或各種競賽，這樣的日子持續不間斷。班上的同學都是自己結伴在警察局或里民活動中心之類的地方做些形式上的志工活動，我則和兩個爸爸是醫生的小學同學一起去養老院當志工。據說為了讓我能參加志工活動，媽媽還額外捐款給養老院，雖然那兩個同學也準備報考特目高，但是我們並沒有私下見面或聯絡。

然而，在忙碌的日常生活中，疑問總是不停浮現。明明大有真清楚地記得那件事情，我為什麼會不記得呢？媽媽為什麼要打正在哭泣的我呢？為什麼要刷洗我的身體，刷到像是恨不得要把我的皮給剝下來一樣呢？為什麼？為什麼？為什麼？猶如充滿好奇心的小孩子般，滿腦子的記憶都伴隨著「為什麼」。

在把媽媽想像成我的繼母，或把爸爸想像成我的繼父時，我其實非常享受那種感覺，彷彿自己是小說或連續劇裡的主角一樣，接下來在最後的場景中，揚眉吐氣獲得成功的我，在給我的繼母或繼父留下「感謝你把我養大」的訊息後，瀟灑地展開獨立的生活，為故事畫下完美的句點。

然而，這些找不到解答的疑問總是讓我備感煎熬，在被那股痛楚折磨得難以承受時，我就會跑去抽菸。我還是沒辦法適應香菸，別說適應了，抽菸所帶來的痛楚遠比找不到解答的疑問還要強烈，足以麻痺我的身心，或許這就是我渴望從香菸身上尋求的事物。

我為什麼不敢去問媽媽呢？有一次半夜，我走出房間去喝水，看到媽媽坐在客廳的沙發上看書，好像是在等爸爸回來。

『妳當時為什麼要打我？』

我差點就叫出聲來，媽媽看到站在一旁的我，用低沉的聲音問道：

「妳需要什麼？」

這是媽媽時常對我說的話。一直以來，只要我有任何需求，媽媽都會滿足我，很多時候甚至在我還沒開口之前，媽媽就已經幫我準備好了。我現在最需要的是與媽媽對話，但是這句話卡在我的喉嚨裡說不出來。除了媽媽以外，我也想要問大有真。

『當時妳媽媽是怎麼對待妳的？』

每次我在學校或補習班遇到大有真時，這些疑問都會差點從我的嘴裡蹦出，因為害怕自己真的會搖晃大有真問她這些話，所以我總是有意識地躲開她。但是有一天在午休時間，大有真跟著我回到我的座位上，我膽戰心驚地注視著她，她到底想要對我說什麼呢？

「小有真，今天補習班的作業是什麼？」

我鬆了一口氣，補習班的作業總是不好應付，聽說如果沒寫作業就去上課，補習班還會打電話通知家裡，雖然我每次都有完成作業，所以不太清楚，但是曾經聽過其他同學這麼說過。既然如此，對於大有真來說，作業應該很重要吧？我對大有真抱持著什麼樣的期待呢？

「基礎學習評量第三單元。」

我簡短地回答道。

「也太多了吧，這要寫到什麼時候才寫得完啊？欸，妳現在有帶學習評量嗎？能不能借我看一下？」

大有真露出阿諛奉承的笑容如此說道。我嚥了一口唾沫，內心深處響起了咚咚咚的鼓聲。

「那麼……，我可以問妳一些問題嗎？」

我的聲音開始顫抖起來。

「妳想問什麼？只要妳肯借我看學習評量，我什麼都願意回答。」

我從背包裡拿出了學習評量，大有真見狀露出重獲新生的表情說道：

「妳儘管問。」

『當時妳的媽媽是怎麼對待妳的？』

然而，這句話並沒有輕易脫口而出。

「妳趕快問，我還得要快點把這個抄完才行。」

大有真如此催促道。在這樣的時間和地點聽她回答確實不太好。

「等下次吧，我下次再問妳。」

或許是因為大有真心裡實在是太著急了，還沒等我把話說完，她就飛快地跑回了自己的座位上。

我拿著英文片語集走出教室，一如往常地朝著圖書室前進。圖書室在五樓，可是我不小心弄錯樓層，到了四樓就徑直往左側的走廊走，結果就順道參觀了社團活動室，那裡正好播放著我喜歡的歌曲，所以與其說是順道參觀，不如說是傳來的音樂吸引了我。我這陣子最常聽的音樂就是寶兒的專輯，那群同學隨著〈NO. 1〉跳著舞，看起來好像是舞蹈社團。

看到教育旅行時灌過我酒的秀貞也在其中，我的腦海浮現當時的恐懼和恥辱，跳著舞的秀貞認真的臉龐讓人感到厭惡。一直以來，我都覺得只有玩咖才會加入舞蹈社團，既然秀貞在裡面，看來我的想法也不全然是錯的，不過她們每個人跳舞的模樣看起來都很認真，也很專注，在寫困難的數學題目時，我的臉上或許也是同樣的表情。

我懷著新奇的心情看了好一陣子，與單純聽歌或在音樂節目上看歌手演出時不同，目睹和我同齡人跳舞的模樣，她們的熱情似乎也擴散到我的體內，那種感覺就好像觸電般，渾身酥酥麻麻的，肩膀也不由自主地動了起來，嚇得我後退了一大步。

要對大有真說的話就如同作業一樣纏著我，如今彷彿已經不是出於好奇，而是為了完成什麼作業，才想要趕快向大有真問個清楚，可是我遲遲找不到適合的時機開口，最後還是大有真幫我製造機會。補習班在第三節課結束之後，有二十分鐘的休息時間，我通常會在補習班裡的小吃部買些漢堡、杯麵、海苔飯捲之類的食物果腹，但是那天隊伍實在是排得太長了，我在隊伍的尾巴遇到大有真，她對我說：

「喂，再這樣等下去，休息時間都要結束了，我們去便利商店買個三角飯糰回來吃吧！」

雖然補習班不像學校有禁止外出的規定，但是從下車走進補習班，再到下課坐上回家的車為止，這段時間內我從來沒有離開補習班過，所以根本不清楚補習班附近有什麼。

「便利商店的三角飯糰比較好吃。」

大有真咧嘴笑著在我耳邊如此說道，我糊裡糊塗地被她拉去便利商店。有不少同學都從補習班走出來，我跟著大有真買了三角飯糰和飲料，頓時感覺自己好像成了不食人間煙火的傻瓜。大有真提議邊走邊吃。

「如果吃得快一點，還可以去遊樂場玩一局跳舞機，妳會玩跳舞機嗎？」

我搖了搖頭。就算我會玩跳舞機，也不可能有在休息時間玩的想法。

「也對，像妳這樣的模範生怎麼可能會玩。話說回來，妳那個時候想問我什麼？我會回答妳的，妳快問吧。」

我把咬了一口的飯糰嚥下，或許是因為吞得太急，胸口正中央有點不舒服。

「我總覺得好像欠債一樣，非得要回答妳的問題，心裡才過得去。妳想問什麼啊？」

大有真如此催促道。

「當時……，妳的媽媽是怎麼對待妳的？」

我終於把卡在喉嚨裡的話吐出來。

「妳是說那件事情發生的時候嗎？」

大有真一下子就意識到了我在問什麼，我點了點頭。

「這還需要問嗎？當然是對我非常好囉。當時可是我最常聽到爸媽說愛我的時候，妳不覺得他們太做作了嗎？明明每天都只對弟弟好，在發生那種事情之後，才在那邊口口聲聲說最愛的人是我，不過當時的我還很天真，被那些話給騙到了。」

大有真咻咻地笑著，不知道有什麼有趣的，話音剛落，她又露出嚴肅的表情。

「妳到現在還是想不起來嗎？我之前好像在哪裡看過，如果受到太大的打擊，有可能會失去記憶，妳該不會就是那樣吧？」

大有真盯著我如此問道。我避開她的視線，下定決心既然逮到了機會，就要把好奇的事情全部問個一清二楚。

「妳知道我們為什麼要搬家嗎？」

「我怎麼會知道？妳問妳媽媽不就好了？不過我確實也不太會跟媽媽提到那件事情，因為我媽很擔心那件事情會給我帶來什麼後遺症，總是戰戰兢兢的。她希望我直接把它忘了，所以我也不會在她面前提到這件事情。」

大有真用自己的方式解釋了我不願意問媽媽的理由。

媽媽是否也希望我直接把那件事情忘掉呢？難道是因為害怕我當時的記憶會被喚醒嗎？

那天晚上，我又在搜尋欄重新輸入那個單字。這次的心情沒有像當初那麼緊張了，我打開一則案例，是幼稚園校車司機對幼稚園學生進行性騷擾的報導。犯案者曾經是幼稚園園長，但是他堅決否認自身嫌疑，說自己的行為只是出於對孩子們的疼愛而已，並沒有其他的意圖。在讀到這段話的瞬間，我的心裡頓時湧上一股熊熊大火，充斥著憤怒與敵意，強烈到即使我的身體被燒得一乾二淨，也不會就此熄滅，連我自己都被嚇了一大跳。在憤怒的情感中，閃過一個男人的臉龐，記憶重新浮現，彷彿被別人從抽屜拿出來一樣。

午休時間不睡覺是一切災禍的開端。有一個男人把眼睛睜得圓溜溜的孩子帶走，說是要講童話故事給她聽。他總是面帶笑容和孩子們玩在一起，不管是男孩子還是女孩子都很喜歡他，大家只要看到他，就會爭先恐後地跑過去圍在他身邊，這樣的人竟然要單獨講故事給自己一個人聽，孩子感到非常開心和幸福，決定明天還有後天都不要睡午覺了。

那個男人提議要玩有趣的遊戲，他說其他人可能會嫉妒，所以跟孩子說這是祕密，孩子也跟他打勾勾，甚至還簽了名蓋了章，接下來，他們就進行了「有趣的遊戲」，但是那個遊戲一點也不有趣。後來孩子在躺著裝睡的時候，看到其他孩子也被那個男人抱在懷裡帶走了。與那個男人玩了好幾次遊戲的孩子沒能遵從保守祕密的約定，她有一個原本很珍惜和鍾愛的洋娃娃，可是在那之後，她卻剪掉了洋娃娃的頭髮，扭斷洋娃娃的脖子，扯掉洋娃娃的雙腿，孩子似乎認為自己就是那個洋娃娃，明明應該被扭斷脖子、扯掉雙腿的是那個混蛋才對。

他從監獄出來之後就移民了？對孩子們犯下那種罪行，怎麼還可以從監獄裡出來呢？一想到那個混蛋在國外過著高枕無憂的生活，就讓我鬱悶得幾乎喘不過氣來。大有真原諒那個混蛋了嗎？

在她身上到底發生了什麼事情呢

從接二連三發生發生的好事來看，我上輩子似乎累積不少善行。全校第一名的問題原本宛如孫悟空的緊箍咒般牢牢套在我的頭上，沒想到竟然會像餅乾融化在嘴裡一樣，在無意間獲得解決。

經過日復一日的等待，就好似過了一整年，我終於迎來和建宇見面的那一天，我的心情彷彿走在雲朵上。對於我的第一次約會，爸媽也毫無保留地給我鼓勵和投資，爸爸說女人不可以光是給別人請客，所以額外給我一筆約會的零花，媽媽也幫我買了一雙新款的運動鞋，雖然亨鎮在一旁捉弄我說「哎呦喂哎呦喂～」，但是就像螞蟻咬大象的腳背一樣，根本撼動不了我的內心。

我得要搭社區公車到火車站，不過在社區公車站看到素羅的那一瞬間，我才猛然驚覺不妙。素羅穿著寶拉姊姊的衣服，還化了妝，看起來比她穿制服的時候更加成熟漂亮，再加上帽子和包包也很搭，簡直就像整套配好那樣。一直以來，我都太小看素羅的時尚品味了，所以才會掉以輕心。

平時的素羅別說是化妝，就算裙襬裂開，她通常也會用別針隨便處理先撐個幾天，不僅如此，她的制服胸前總是沾著炒年糕湯和被飯菜灑到的痕跡。如果連續劇裡描繪的小說家形象屬實的話——既懶惰又邋遢，那她的生活習慣有達到準小說家的等級。她看男生的眼光也很獨特，老是喜歡那種根本不屬於這個星球的風格，看到她這個樣子，我從來就沒有把她當成競爭對手，也沒有抱持絲毫戒心，我會不假思索地把素羅的電話號碼告訴建宇，也是由於這個緣故。

然而，就在我放鬆警惕的決定性瞬間，她卻化成了斧頭，砸到我的腳背上。當然，建宇是我的男朋友，素羅也知道我有多喜歡建宇，她不是那種會橫刀奪愛的人，我對此深信不疑。我原本也不會懷疑今天自己會是我們之中最亮眼的存在，但是站在社區公車站的素羅看起來很不一樣，甚至會讓人懷疑「這真的是素羅嗎」？

素羅今天掌握著能夠從兩個男生中擇一的特權，因為建宇說，如果同行的朋友裡有素羅中意的對象，一定要告訴他。當我轉達這句話給素羅的時候，素羅還一臉無動於衷的表情，結果她仍然準備完美的現身。除了衣服好看以外，素羅化妝的臉蛋也容光煥發，所以整個人看起來更漂亮了。我原本還覺得素羅理所當然要成為我的伴娘，但是此刻我卻感受到驚慌與失落，別說是陪襯了，比起只有個子高的我，渾身散發女人味的素羅或許更討建宇喜歡。

「噢，織女，真是太夢幻了！要去見牽牛的感覺如何？」

正當我籠罩在紛亂的思緒裡時，素羅摟住了我的腰。素羅時不時就會把建宇叫做牽牛，把我叫做織女。

「妳怎麼看起來那麼性感啊？」

我講出來的這句話裡肯定帶著刺。

「是嗎？那就成功了。真真，有句格言說，一個人怎麼樣，看他周圍的朋友就知道了，妳知道我為了這點付出多大的努力嗎？我跟我家老姊拍馬屁拍了半天，好不容易才借到這些衣服來穿，如果不小心弄髒了，我還得負責。我這樣子在妳男朋友面前，應該就不會讓妳丟臉了吧？」

素羅的話簡直讓我感動得快哭了，我用看不見的手敲打了無數次在一瞬間懷疑朋友的腦袋。

「一想到可以用暢遊套票玩遊樂設施，我就已經開始感到興奮了。」

素羅的臉上之所以充滿活力，就是由於這個緣故。根據素羅爸爸的經營哲學，社區超市要和大型量販賣場競爭，唯有靠全年無休和快速配送才是生存之道，所以素羅她們家從來沒有好好去過一趟家庭旅遊。去年秋天，素羅去樂天世界參觀學習的時候，還坦承自己是第一次去室內遊樂園，嚇了大家一大跳。

多虧媽媽把成長階段沒有好好享受到的遺憾投射在孩子身上，我們家很常出去玩，但是我也沒有用暢遊套票玩過遊樂設施。雖然我和亨鎮都曾經吵著要買暢遊套票，可還是敵不過媽媽「就算買了也搭不完」的堅持。我們會從家裡帶包好的海苔飯捲和結冰水過去，在吃飽喝足後，也只會搭兩三項遊樂設施，接下來為了把昂貴的入場費賺回本，我們只能在遊樂園裡轉來轉去免費參觀，走到腳都快要起水泡，而且因為媽媽說「能留下來的只有照片」，所以隨時都要擺姿勢拍照，搞得我們疲憊不堪。根據亨鎮的說法，手腕上戴著暢遊套票在遊樂園穿梭的孩子，是這個世界上最值得羨慕的人，我也對遊樂設施抱有許多遺憾，建宇帶的暢遊套票，對我們而言簡直跟中獎的彩券一樣。

我在售票處前面見到了建宇，他的個子雖然沒有長得比我想像中的還高，但也已經成為額頭上長滿青春痘的青少年。因為太過害羞，所以我連招呼都打不好，心跳聲大到像是從擴音器裡播放的一樣，害我好擔心會被別人聽到。建宇看起來也很害羞，甚至不敢直視我的臉，我們彼此偷看對方，在眼神相遇後又慌忙轉過頭去，就這樣重複了好幾次，才終於得以好好對視。

建宇的兩個朋友也如同建宇般，散發著模範生的氣息，我不得不佩服素羅的先見之明，如果素羅跟平常上學一樣敷衍了事就出門的話，那真是丟臉丟到家了。

在聊著遊樂設施有多麼刺激和有趣的過程中，我們打開心房，慢慢熟絡起來。然而，當我們在美食廣場吃午餐的時候，「全校第一名事件」所衍生的問題還是出現了。

「要怎麼做才能考到全校第一名呢？」

建宇的朋友吃完漢堡，冷不防地朝著我如此問道。聽到這句話的瞬間，義大利麵鯁在了喉嚨裡，我痛苦得眼淚一下子流出來。

「喂，大家難得出來玩，非得要談工作不可嗎？」

素羅停下吃蛋包飯的動作，拍著我的後背如此說道。

「談工作？」

「有道理！」

素羅的話把大家逗得哈哈大笑，建宇的其中一個朋友還笑到停不下來。

「我大伯是個詩人，聽說他有一次去文藝聚會的時候，有人說：『啊，晚霞真美！』結果另一個詩人就回說：『哎呀，酒都要變難喝了，不要再談工作啦。』」

素羅的夢想是當個小說家，自然也對他產生了興趣，看來我是安然度過「第一名」的危機了。

「妳的祕訣到底是什麼呀？說實在的，在小學的時候，妳的功課也沒那麼好不是嗎？」

這次問的人是建宇，看來我沒辦法再靠著被嗆到蒙混過關了。此時從我嘴裡蹦出來的話其實並非出於我的意志，不過從結果來看，這根本是我的守護天使告訴我的話。

「根本沒有什麼祕訣，就只是全校第一名跟我同名同姓而已。」

不由自主脫口而出的話，讓我彷彿掉進了地獄般，正當我眼前陷入一片漆黑的時候，大家開始解讀起這句話的意思，首先從建宇朋友的嘴裡爆出了笑聲，緊接著另一個朋友也開始放聲大笑，笑到差點把可樂噴了出來。

此時感到驚慌失措的人反而是素羅，素羅慌慌張張地想方設法試著把我的話圓過去，而比素羅更不知所措的人是我，我的腦袋一片空白，也不知道該如何收拾自己脫口而出的話。要是我說這句話是真的，感覺建宇可能會帶著朋友從座位上站起來，我們之間的關係自然也會在正式開始之前就宣告結束。我的腦海中已經浮現自己宛如過了午夜的灰姑娘般衣衫襤褸的模樣，不過建宇也和朋友們一樣露出了笑容。

「真的嗎？那麼全校第一名的李有真其實不是妳，而是另一個李有真嗎？」

起初我以為用吸管攪動著可樂的建宇是在嘲笑我，我只好忍住想哭的心情點了點頭。

「哇！李有真，這段時間以來妳應該超級痛苦的吧！」

建宇始終面帶笑容對著我說話。無論如何，能夠逗建宇笑真是太好了，我要以此來安慰自己，成為與牛郎永別的織女。

「你們說這像話嗎？有真的媽媽不是大發雷霆，所以把她送到了那間補習班嗎？考不到第一名已經難過得要死了，每次公布名字的時候都要澄清自己不是那個李有真，你們能體會這種心情嗎？」

我真想把素羅隨口胡說八道的嘴給縫起來，但是首先控制好氣氛的人其實是素羅，只有我一個人沒有掌握住氣氛，還直接推向悲劇。

「既然如此，妳為什麼不告訴我呢？」

建宇笑咪咪地問我。

「她在別的地方要澄清就已經夠煩了，就連在你面前也非得要澄清不可嗎？都是你愛瞎猜。」

素羅替我回答道。在這段時間裡，我好不容易才找回平常心，雖然第一名不是我的事實已經被揭曉了，但是我絕對不能說第一名的李有真就是上同一間幼稚園的那個女生。萬一不小心說漏嘴，建宇可能就會馬上說：「啊，是那個眼睛大大的，打扮得跟公主一樣的女生嗎？」同時對她產生興趣，那將成為對我的二度傷害。

「對，是我的錯，我會送妳手機鈴聲表達歉意，每當鈴聲響起的時候，妳只要聽到這個鈴聲，就當作我在跟妳道歉吧。」

建宇的話讓我差點流下眼淚，建宇果然很帥，這樣的男生才是我的男朋友！我和建宇肩並肩地搭著自由落體，一直以來壓在心頭上的罪惡感也被吹得煙消雲散。

我之所以拉得下臉開口拜託小有真借我看學習評量，也是得益於全校第一名問題獲得解決。我已經沒有沒什麼理由繼續討厭小有真了，畢竟我這麼善良，怎麼可以無緣無故討厭別人，但我也沒想到小有真會那麼輕易借我看學習評量，原本想說死馬當活馬醫，問問看也不虧，結果她竟然就乖乖地借給我了。啊，也不算乖乖地啦，她說有事情想要問我，我憑直覺就猜到大概是有關「那件事情」的問題。

過了幾天，小有真果真如我預料的一樣，問了我那件事情，不過我本來以為她是想問自己的事情，結果她卻問我在那件事情發生時，媽媽是怎麼對待我的。在聽我回答的時候，小有真的表情看起來愈來愈僵硬，後來她又問我她們家為什麼要搬走，我明白小有真為什麼會問我，而不是問自己的爸媽，所以我想滿足她的好奇心，對我來說，這多少也是需要一點心理準備的事情。

幾天之後，媽媽在切菠菜的時候，我一邊假裝幫媽媽的忙，一邊悄悄開啟了這個話題，我還得要盡可能表現出那件事情沒有對我造成任何影響的樣子。

「媽媽，話說我以前在上幼稚園的時候，不是有一個小有真嗎？她現在是我們班的。」

媽媽停下手邊的動作，直勾勾地盯著我看，露出驚訝的表情，接著又馬上換了一張臉，開始端詳起我，看起來似乎是在擔心我有沒有受到什麼衝擊。

「而且更勁爆的還在後面，其實全校第一名就是她。」

我故意面無表情地這麼說。

「對齁，她的名字跟妳一模一樣！我都忘得一乾二淨了。」

媽媽索性放下切菠菜的刀子，一想到接下來即將朝著我撲過來的問題，我有點後悔自己為什麼要沒事開啟這個話題，明明我也沒有跟小有真熟到準備好接受提問的地步。我必須確實證明給媽媽看我什麼事都沒有，但是又不能太過誇張，萬一直覺敏銳的媽媽解釋成我是為了隱瞞什麼而加油添醋的話，就更讓人頭痛了，一想到這點，我的腦袋比寫困難的數學題目時更混亂了。

「哎呀原來如此，怪不得當時那個女人會跑到機場去。妳們前陣子不是去教育旅行嗎？我去接妳的時候碰到了有真媽媽，她還說只是剛好到那裡辦事情，看來也是去接小孩的。有真啊，那個孩子現在過得怎麼樣？」

這個問題超乎了我的預期，讓我一時摸不著頭緒，不過我這才想起來，媽媽的特長之一就是很容易話講一講扯到莫名其妙的方向去，也多虧了這點，媽媽並沒有把注意力放在小有真的第一名上，雖然也不知道能維持到什麼時候。我硬是把「我怎麼會知道」這句話吞了下去，向媽媽反問道：

「怎麼了嗎？」

「當時曾經有傳聞說，有真爸爸家非常有錢，有真媽媽的娘家很窮，所以婆家強烈反對他們結婚，結果聽說有真爸爸和父母斷絕關係之後結婚了，畢竟當時有真媽媽懷上有真妹妹以後，還在做幫高跟鞋貼亮片的手工活，那是要用黏著劑貼上去的。妳還記得有真曾經去恩惠家借住嗎？我是從恩惠媽媽那裡聽來的，所以知道一些內幕。」

這又是什麼宛如週末連續劇般的劇情，不過如果想打聽到我想要的資訊，就必須保持耐心。

「原來如此，當時小有真的打扮簡直跟公主一樣，我還以為她的生活過得很不錯。哎呀，對了！」

我忽然想起了一件聽來的事情。

「我是聽人家說的，山腳下不是有高級公寓的社區嗎？聽說她就住在那裡，上次還請學校的老師吃了一頓飯，也會在補習班發年糕給大家，哎呦，我還是別想考第一名了，哪來那麼多錢啊。」

解決媽媽的疑惑以後，反倒是我把話題給扯遠了，這完全是從媽媽那裡遺傳到的基因惹的禍。

「如果拿到第一名的話，不是可以免繳三個月的補習費嗎？只要省下那些錢，就算是兩頓飯媽媽也會請的，妳不用擔心，不對，就算傾家蕩產，媽媽也照請不誤，妳就試著拿拿看第一名吧。」

我們母女的對話又飄到不著邊際的地方了。我冷靜下來，再次向媽媽問道：

「但是她們家為什麼搬走了？我記得其他阿姨還罵她們落跑。」

「只有被罵還算便宜她們了。那個有真得要出庭作證，整個局勢才會對我們有利，可是她們起初明明還跟我們站在一起，卻在中途無預警退出，妳知道這害我們當時吃了多少苦頭嗎？那個混蛋逮到機會，還反過來用誣告罪控告我們妨害名譽。」

媽媽漸漸提高了音量。

「那個王八蛋後來不是進監獄了嗎？」

聽到從我的嘴裡說出「王八蛋」這個詞彙，媽媽瞬間露出五味雜陳的表情，接著又「哎呀」了一聲選擇作罷，畢竟即使是比「王八蛋」還要惡毒的話，都算是便宜那個混蛋了。

「我們之所以能讓那個混蛋服刑一年，建宇媽媽功不可沒。明明跟自己沒關係，建宇媽媽卻四處奔走，聯絡了女性團體和報社等組織，要不是有她的幫助，我們這些人怎麼可能會知道該怎麼做呢？搞不好就那樣不了了之了也說不定。」

那個混蛋在監獄只服了一年的刑期嗎？明明小有真痛苦到直到現在都還沒恢復記憶……話說回來，愈是了解建宇媽媽，就愈覺得她真是個帥氣的阿姨，啊，不可以老是飄到別的地方去，我得要重新冷靜下來才行。

「小有真她們家為什麼要退出呢？」

「起初有傳聞說是她們家在背後偷偷收了那個混蛋的和解金，但是並不是那樣的，只是因為她們原本表現得很積極，後來卻突然無預警退出，而且還全家搬走，所以才會有這樣的傳聞。實際上，聽說是老家那邊接納了她們，條件就是退出這場事件。話說回來……那個孩子還記得這件事情嗎？」

媽媽瞧了瞧我的神色，似乎是在忍住想問「妳沒事吧？」的衝動。

「這真是太奇怪了，她說她完全不記得，這有可能嗎？」

媽媽的臉色暗了下來。發現我在看她後，媽媽一邊整理表情一邊說道：

「看來她受到了很大的衝擊。我以前看過一個人，他們全家人坐車遇到車禍，只有他獨自倖存下來，結果他也不記得自己有發生過車禍。」

我陷入片刻的沉思，明明我和小有真遭遇相同的處境，可是我卻安然無恙，反而還活蹦亂跳的，會不會我才是奇怪的那個人呢？

總算達成任務的我向小有真轉達了這個情報，這個時候我就覺得有上補習班比較方便，畢竟在學校要想甩開素羅和小有真說話，需要顧及各方面的考量，雖然我認為這也沒什麼大不了的，不過還是很難跟素羅解釋自己不願多談的理由。

「這也只是傳聞，所以不知道正不正確，但是聽說妳們家之所以會搬走，是因為妳爸爸老家拿退出這場事件作為條件接納了妳們。」

小有真一臉難以理解地看著我。

「妳爸爸家很有錢，媽媽家很窮對不對？」

小有真隱約露出了勉強信服的表情。

「所以可能是妳爸爸家非常反對妳爸媽結婚吧，這樣講妳應該多少猜得出來接下來的劇情是什麼了吧？雖然有點爛，不過總比我的爸媽透過媒人介紹相識，三個月後就結婚的劇情要來得好多了。這麼說來，妳的誕生不就是他們愛情的果實嗎？」

面對我的胡言亂語，小有真也沒有露出一絲笑容，不對，她的表情反而好像更沉重了。在那之後，我三不五時就會把注意力放在小有真上，無論在學校還是補習班，她都變得愈發沉默寡言，在課堂上的發言也講得不太好。

在她身上到底發生了什麼事情呢？

妳沒有發生過任何事情

時鐘指向了四點十分，如果要搭補習班校車的話，就得要在二十分走出家門。打開房門觀察了臥室動靜無數次的我，提著補習班的背包走到了客廳，只見臥室的門緊閉著，媽媽和外婆正在客廳裡聊天。

在打招呼的時候，外婆望著我的眼神觸動了我的內心。外婆應該知道真相，比起事實，我更想了解隱藏在事實背後的真相。不常見面的外婆之所以會到家裡來，或許就是要來告訴我真相，冥冥之中就像是有人安排好了一樣。

雖然我想乘隙和外婆聊一聊，但是媽媽只給我打招呼的機會就帶著外婆走進臥房。有善和有美都去上音樂課，家裡只剩下我們三個人，可以聽到媽媽的聲音從臥室裡傳來。

「我也不知道現在該怎麼辦，尚哲的事情我已經受夠了，他要麼去蹲監獄，要麼就離婚，既然是他自己闖出來的禍，就要叫他自己付出代價！」

媽媽發出尖銳的聲音如此說道。尚哲指的是我的大舅舅，他原本在爸爸的公司工作，後來捅了婁子被趕出來，看來閒著沒事做的大舅舅好像又惹出什麼麻煩，外婆說話支支吾吾的，我幾乎聽不見她的聲音。

我在臥室門口來回踱步好一陣子才走出家門，畢竟當時的氣氛不適合開門打招呼，我也打算另外製造和外婆單獨談話的機會。外婆每次來我家都不會逗留很久，雖然一方面是因為要幫在上班的舅媽照顧孩子，同時也要操持家務，但是我總感覺她之所以來去匆匆，最關鍵的原因還是害怕碰到爸爸或奶奶，況且媽媽也不是什麼孝順窩心的女兒。

每次來到我們家，外婆總是表現得唯唯諾諾的，就像子女闖禍被叫到學務處的家長一樣，畢竟大部分的時候，她都是為了舅舅們惹出的麻煩而來，所以這也情有可原。或許是習慣成自然，在參加爸爸的生日派對或家庭活動的時候，她那卑躬屈膝的態度也沒有絲毫改變。從這方面來看，還不如冷酷嚴肅但理直氣壯的奶奶要好多了，畢竟奶奶雖然可怕，但是並不會讓人感到煩躁或不舒服。

我在我們公寓旁邊涼亭的陰涼處等外婆，大有真告訴我的那些話並沒有解答我的任何疑問，反而只是增加我的混亂感。我從來都不知道爸爸這麼愛媽媽，甚至不惜與父母反目也要和她結婚，沒想到冷漠又汲汲營營的爸爸，竟然也曾經是如此感性的人。然而，在這場轟轟烈烈的愛情中誕生的孩子遇到那種事情，爸媽為什麼沒有想辦法解決，而是選擇逃避呢？根據大有真的說法，這是爸爸重新回到有錢父母身邊的交換條件，如果這一點屬實，那麼現在我們家庭享受的這份舒適感，就是拿我的記憶去交換來的，我感覺媽媽和爸爸好像強行挖走了我的記憶。

即使是為我好，我的心情也同樣糟糕，既然是發生在我身上的事情，無論有多麼痛苦，我怎麼可以不知道，當然要是永遠都不讓我發現的話，那也就罷了，但是如今已經逐漸曝光，雖然還只是零星的碎片，不過只要一一拼湊起來，腦海中就會浮現出那些足以辨識的場景。

看一看時間，已經來不及搭補習班的校車了，如果話講得太久，我打算搭計程車去，就可以和補習班校車同時到達或稍微晚一點，畢竟校車要繞來繞去到各個站點載學生。最壞的情況就只能缺席，幸好我之前有跟大有真交換手機號碼。

正如我的預期，沒過多久外婆走了出來，她臉上的皺紋彷彿打從一開始就長那樣似的，看起來充滿憂慮。我觀察她的身後以防萬一，沒有看到媽媽的身影。當外婆經過涼亭附近時，我走了出來。

「您現在要回去了嗎？」

看到是我，外婆的臉上露出了淡淡的笑容，但是由於皺紋的緣故，她的表情反而皺成一團。

「妳還沒有去補習班嗎？」

「因為還有點時間，就在這裡等外婆，我剛剛看到您和媽媽在說話，所以沒有打招呼就出來了，在涼亭裡坐一會兒再走吧。」

我用有史以來最乖巧親切的態度如此說道，把外婆帶到涼亭裡，外婆宛如樹葉般輕飄飄的，被我拉了過來。

「哎呀，真是暖和。我實在很討厭空調的風，那種涼颼颼的冷空氣滲透到骨子裡的感覺。」

外婆摸著木頭做的涼亭地板如此說道。即使沒有空調的風，她和媽媽待在一起時大概也覺得很冷吧。與爺爺奶奶一起住的時候，媽媽就宛如影子般，結果在分開生活以後，卻愈來愈像冷冰冰的奶奶。

「外婆，您有什麼煩惱嗎？」

我在心裡盤算著要怎麼進入我想談的話題，試探性地如此問道。

「這都是我造下的孽，還能怪誰呢？妳媽媽應該也對婆家的人感到很厭煩吧。妳是大女兒，應該比任何人都還能體諒妳媽媽的心情。」

外婆嘆了口氣如此說道。

「是媽媽把我生下來的嗎？」

外婆的「大女兒」這個關鍵字，很輕易就幫我銜接到我要談的話題上。外婆露出了一副「妳在胡言亂語什麼」的表情回道：

「妳這孩子說的這是什麼話呀？妳媽媽把妳生下來之後，連身體都調養不好，不知道吃了多少苦頭，妳怎麼還敢說這種話？不過像妳這樣從小到大什麼都不缺的孩子，怎麼可能會記得那段時光呢……」

外婆又習慣性地嘆了口氣。我這才意識到，一直以來自己也不是真的相信媽媽是繼母的想像。

「那麼我們當時為什麼要從原來住的社區搬過來呢？」

我直勾勾地盯著外婆看。

「妳是說什麼時候？是問為什麼搬到這裡來嗎？那不是因為在分家之後妳爺爺給了妳們這裡的房子嗎？」

外婆並沒有察覺到我的問題核心。

「我不是說那個時候，是在那之前，我們搬到爺爺奶奶那裡，和他們一起住的時候。」

雖然自從我有記憶以來就已經和爺爺奶奶住在一起，但我還是姑且把從大有真那裡聽來的話當作是自己的記憶般如此問道，這次外婆小心翼翼地打量著我。

「妳怎麼會突然好奇這個？」

「是把退出那場事件當作交換條件，讓爺爺接納我們，所以才搬過去的嗎？」

我緊接著如此追問道，外婆的眼神開始飄忽不定。

「孩子，妳是在哪裡聽到了什麼嗎？怎麼會這樣說呢？」

「您是說聽到什麼呢？」

「那妳還記得自己發生過什麼事情嗎？」

外婆內心的某個角落似乎在祈禱不是這樣，我一聽到外婆顫抖的聲音，就好像接受最終判決的死刑犯一樣，雙腿一下子軟了下來，如果站著的話，我大概隨時都有可能癱坐在地上。

「是的，我記得，全部都記得。」

我咬緊牙關如此說道。外婆開始喃喃自語：「哎呀，阿彌陀佛，南無觀世音菩薩。」在我的耳朵裡聽起來就好像是「哎呀，這該怎麼辦才好」的意思。

「為什麼要搬去爺爺家呢？是為了錢嗎？」

我得要趁外婆慌了陣腳的時候追問到底才行。聽到我說自己全部都記得，外婆或許是放棄掙扎，於是便和盤托出道：

「也不全然是為了錢，妳爸媽結婚的時候，受到親家的強烈反對，不過天底下哪裡有拗得過子女的父母呢？妳爺爺表面上假裝若無其事，但好像還是派人在背後暗中觀察，看到他們生下兩個孩子，生活也逐漸步上軌道，妳爺爺正想要把他們叫回去住的時候，就發生妳的事情。」

在得知媽媽準備和其他受害者父母一起準備提告後，爺爺大發雷霆，痛斥媽媽說：「妳覺得這是什麼光彩的事情嗎？」「難道妳都不知道這樣會讓家裡蒙羞嗎？」

「這些話倒也沒錯。如果把那個可惡的壞蛋犯下的醜惡行徑赤裸裸地昭告天下，根本就是在自取其辱，往自己臉上呼巴掌。況且要是把事情鬧大了，對一個女孩子的將來能有什麼好處呢……。我當時也是勸妳媽媽，要聽婆家長輩的話，就算不聽也應該大事化小，小事化無，婆家長輩都說要以此為交換條件全面接納我們，沒什麼好拒絕的。看來即便如此，那個老頭還是沒能狠下心來拋棄子女，這反倒是值得感激的事情。」

這又不是我的錯，為什麼要說是自取其辱呢？應該是可惡的壞蛋沒有好日子過才對，怎麼會是我沒有好的將來呢？要不是人在外面，我真想大聲追問個明白。

「那麼我之前一直想不起那件事情，又是怎麼一回事呢？」

「這確實很奇怪，在匆匆忙忙離開那個社區的時候，也不知道妳是靈魂被掏空還是怎麼了，竟然把當時的事情忘得一乾二淨，大家也希望妳能夠就這樣永遠不要想起來。」

我也覺得要是真的如此就太好了。如果沒有遇見大有真的話，我還會想起來嗎？原本的我把爸媽想像成我的繼父或繼母，要想獲得關愛就必須好好表現，不停地自我鞭策，相信自己還算幸福，那樣子會比較好嗎？

「真是太好了，太好了。」

外婆如此說道。我不知道這句話是什麼意思，只好一直望著外婆。

「雖然妳家裡的人希望妳永遠不要想起來，但是我的想法不一樣。又不是老糊塗，一個正值青春年華的孩子，竟然不記得自己發生過的事情，這怎麼可以呢？應該了解事情的全貌，接著好好克服才是。長在樹木上的樹瘤是什麼？就是身上的傷口癒合留下的疤痕啊，在我看來，即使要把那樣的傷疤揣在懷裡，也應該記住這一切活下去才是。」

外婆摸摸我的後背。我突然覺得彷彿全身到處都受了傷，媽媽之所以要刷洗我的身體，刷到像是要把我的皮給剝下來一樣，難道是為了抹去這些傷痕嗎？

媽媽刷洗著我幼小的身軀，刷到像是恨不得要把我的皮給剝下來一樣，只要我一哭，媽媽就會打我，驚恐萬分的我只能拚命忍住淚水，媽媽朝著我大吼大叫，可是我聽不到她的聲音，只能看著媽媽的嘴巴宛如鯽魚般一張一合。

「有真啊，就算想起來了，也不要為了過去的事情感到難過，雖然要是沒有發生最好，不過既然都已經發生，只要知道自己身上發生過什麼事情，下定決心今後要多加注意，一切保持現狀就好，知道了嗎？」

外婆拍拍我的肩膀如此吩咐道。

「我是做錯什麼事，需要多加注意呢？」

我沒好氣地衝著外婆頂了回去。

與外婆道別之後，我漫無目的地閒晃。滿腦子充滿其他的想法，我已經顧不得補習班的事情了。我循著記憶回溯起來，在記憶的盡頭，有一棟庭院寬敞的雙層別墅，家裡只有大人們，爺爺很嚴肅，奶奶很冷酷，爸爸很忙碌，好幾天都很難見上一面，媽媽沒辦法從爺爺奶奶手上保護我，妹妹們也還沒有出生在這個世界上。總是獨自一人的我只能想方設法躲避可怕的爺爺和宛如陌生人的奶奶，我喜歡在庭院的樹林間玩耍，在白天可以把我藏得好好的樹木，到了晚上就會化為搖搖晃晃的怪物黑影。透過更駭人的想像來戰勝當下的恐懼，正是我在當時領悟出來的方法。

直到我五年級的時候，我們家搬出來自己住，我才感覺可以好好呼吸，第二年爺爺驟然去世後，奶奶說害怕一個人住大房子，所以搬到我們的公寓社區，要是當時小姑姑沒有回來的話，奶奶搞不好就跟我們住在一起了。面對遭遇困境的我，為什麼媽媽會如此冷淡以至於我差點把她當成我的繼母呢？我真正好奇的不是發生在我身上的事件，而是我失去記憶的原因，雖然我在網路上查到那些解釋，但是我總覺得肯定另有蹊蹺。

手機鈴聲響個不停，直到好久之後我才發覺，接起電話，是大有真。

「喂，妳現在人在哪裡？為什麼不來上課？」

我看了看手錶，已經是第一節課的下課時間，一直以來，我都認為小孩子翹掉補習班只會去做壞事，我為什麼沒去上課呢？我是為了做什麼壞事而翹掉補習班呢？

「我已經把老師糊弄過去了，所以補習班應該不會打電話到妳家裡。話說回來，妳沒出什麼事吧？」

妳沒出什麼事吧？這句話彷彿幫媽媽原本一張一合的嘴型配上了聲音。

「妳沒有發生過任何事情，什麼事情都沒有發生！知道了嗎？」

媽媽如此大喊著。即使是在嘩啦啦的水流聲中，媽媽的聲音聽起來還是很大，我點點頭，想要把臉埋進媽媽的懷裡，然而媽媽卻把我拽開，同時繼續說道：

「今後不要再提起那件事，不然妳會死，媽媽也會死，知道了嗎？」

我實在是太害怕了，只能竭盡全力大動作猛點頭，我不停地點頭，直到腦袋開始發暈，幻影中的場景這才總算落幕。

「當時可是我聽到爸媽最常說愛我的時候，妳不覺得他們太做作了嗎？明明每天都只對弟弟好，在發生那種事情之後，才在那邊口口聲聲說最愛的人是我，不過當時的我還很天真，被那些話給騙到了。」

跟我遭遇相同處境的大有真說她父母當時的反應是這樣的，但是我的媽媽卻打我，強迫我忘掉那件事情，除此之外，媽媽也在我的心中留下深深的烙印，告訴我發生在我身上的事情很可恥，可恥到需要把皮剝下來，甚至還威脅我如果不忘了那件事情，我就會死，她也會死。當時年幼的我聽了怎麼可能敢不忘呢？在我的記憶中，沒有任何一個大人願意給我安慰或安全感。

爺爺奶奶正大光明地看我不順眼，爺爺甚至索性把我當成空氣，明明對二姑姑家的姊姊、哥哥和有善、有美就沒有這樣，或許是不願意承認發生過這種事情的小孩是他的孫子，也可能是覺得我讓他的名譽沾上汙點，每次看到我就會想起那件事情，所以希望我乾脆就這樣消失。我很早就意識到，如果想要讓人正眼看我，就得要拿出成果來，無論是獎項也好，優秀的成績也罷，從那個時候開始，我就一直掙扎著試圖證明自己的存在。

「會長，這孩子考了全校第一名，看來已經懂得盡到自己分內的責任了，您就放寬心吧。」

在我拿到第一名時，奶奶看著爺爺的照片，說出這樣的話。雖然遇到那種事情不是我的錯，可是為了彌補那分經歷，我只能像是欠了債一般地活下去。

在我一年級時，有一個同學的爸爸因為生意失敗跑路躲債，結果高利貸業者追到學校來，那個同學轉學後，教室裡還流行一陣子和「高利貸」有關的話題。大家說高利貸如果處理不當，無論繳了多少錢，都只夠償還利息，本金依然原封不動，甚至有可能還會增加，萬一最後無法清償債務，器官還會被心狠手辣的高利貸業者挖走，這些話讓我做了不少惡夢。

就像即使持續償還，本金也不會減少的惡性高利貸一樣，無論我做得有多好，我遭遇的那些事情都會彷彿原罪般烙印在我身上，唯有競賽中獲得大獎，考到全校第一名，女兒和孫女的身分才會得到認可，但那也只不過是利息而已，本金並不會因此減少。我在無意間察覺到這個事實，所以才會覺得自己的人生彷彿走在一有失誤就會旋即墜落的鋼絲上，換句話說，我不但沒有受到孩子應得的關愛和保護，甚至還要過著不停被催促、還債的生活。

不可遏止的怒火湧上來讓我的腦袋感到無比疼痛，能夠麻痹頭痛的，只剩下香菸刺鼻的煙霧了。我鑽進公共廁所抽菸，煙霧在腦袋裡亂竄，勉強把頭痛給壓了下去。

不知道什麼時候，我來到繁華的街道上。路燈和招牌閃爍的燈光開始照亮街道，但是沒能驅散我內心深沉的黑暗。我一直以來都把這個時段在街上遊蕩的孩子視為問題學生，認為這個時段的道路只是為了去補習班、圖書室或家教課，但是我現在卻翹掉補習班，在街道上徘徊著。

頃刻間，痛楚與軀體合而為一的快感穿過胸口，我已經不是什麼模範生了，而是一個會抽菸、翹掉補習班在夜晚的街道上遊蕩的不良青少年，以後也不會再去乞求大人們的注目和關愛了。不知道從哪裡傳來音樂聲和吶喊聲，為了尋找那個地方，我開始四處張望，一直以來，我從來沒有好好觀察過周圍的世界，畢竟走在被決定好的道路上，只需要顧著看前面就行了，明明那條路可能是只能拚命償還利息的路，我嘲笑起過去的自己。

音樂聲響徹搭建在大型購物中心前的露天舞臺，宣傳舞蹈比賽的橫幅布條映入眼簾，五個男孩子在舞臺上用華麗的動作跳著舞，感覺只要像那樣劇烈擺動身體，心中的一切似乎就能夠得到宣洩，吶喊聲在他們身上傾瀉而下。

男孩子們的表演結束後，在主持人的介紹下，三個女孩子走上舞臺，同樣隨著音樂跳起舞來。從喇叭中流瀉出來的音樂先是在腦海中迴盪，緊接著觸動我的內心。流進心臟的音樂沿著血管在全身上下轉了一圈，跟著音樂的節奏，我的頭、肩膀和四肢不自覺地開始左右搖擺，整個世界也隨之晃動起來。

身處陌生之地的她

我以為小有真會告訴我她沒來補習班的理由。翹課會衍生出很多令人頭痛的問題，而我幫她阻止這一切，所以我覺得自己本來就有知情的權利，畢竟為了阻止補習班老師打電話去小有真家，我不惜撒謊甚至還被老師奚落說：「李有真，這可是全校第一名的名字，妳好歹也名副其實一點。」

然而，當我隔天在學校遇到小有真時，她連眼睛都沒有和我對視。大概是因為人在學校，所以要小心一點，只要去了補習班，她總會告訴我的，我一邊這麼想著，一邊耐心等待，可是她直到上課鐘聲響起才走進教室，每次下課又匆匆離開，從她的行為來看，很明顯就沒有要和我交談的意思。

起初我有一種遭到背叛的感覺，但是我很快就抹去那分對小有真產生遭到背叛的情緒，這件事情本身就對我的自尊心造成了傷害。仔細回想起來，小有真這個人平時根本就不太搭理我，把我當作插在掃具櫃裡磨損得破破爛爛的掃帚，只有在有需要的時候才會來找我。我為了她翻出不願想起的往事，甚至還追問媽媽關於那件事情的資訊，在這段時間，因為我的緣故，小有真似乎想起當時的事情，重新感到痛苦，我也對此很抱歉，不過要是仔細追究起來，如果不是小有真，我也不會再次將那段記憶帶回我的日常生活當中。

我決定把注意力放在剩下不到一個禮拜的期末考，畢竟我必須在期末考好好表現的理由多到手指都數不清。補習班有考前衝刺特別輔導和強制自習，要一路到晚上十二點才會結束，休息時間在自動販賣機買咖啡喝的時候，自豪感宛如咖啡般在我的心中瀰漫開來。說實話，我雖然三天兩頭就會在網咖玩遊戲和聊天到超過晚上十二點，但是從來沒有為了讀書保持清醒到這個時間。我好像開始體悟到老師們口中說的「全力以赴就是一種快樂」所代表的含義，我以前都認為，這只是盡最大的努力卻得不到好結果的人為了安慰自己而編造出來的話，然而，當我啜飲著咖啡趕走睡意時，我覺得自己真了不起，無論結果如何，好像都不再重要了。

「妳現在終於知道那種感覺了吧！當我寫小說寫到快要天亮的時候，也會感受到那種快樂。」

素羅擺出一副莎士比亞般的姿態如此說道。

素羅沒有在準備考試，每天晚上都在寫小說。在接到聲音聽起來上氣不接下氣的她打來的電話時，我還以為她家發生火災了。

「怎麼了？發生什麼事了？」

我也差點喘不過氣來，距離期末考已經剩沒幾天了，如果發生那種事情就糟糕了。

「怎麼辦？我到目前為止寫的原稿全都不見了！」

素羅聽起來比家裡發生火災還要絕望。

「怎麼會不見呢？妳不是有都有好好收起來嗎？」

雖然很令人遺憾，但是我能說的話也只有這些而已，更何況素羅說這次的小說跟以往寫出來的作品截然不同，是劃時代的全新風格，要等到全部寫完後再拿給我看，所以我也不知道內容，沒辦法協助她復原小說。

除了休息時間以外，素羅連上課時間也絞盡腦汁在恢復小說，素羅的筆記本上沒有科目筆記，而是充斥著記憶的碎片，她幾乎快瘋掉了。

「啊，這個，不是這個，當時的形容應該更巧妙才對，可是我想不起來！」

她很捨不得那些不翼而飛的文字，看起來遲遲沒有任何進展。

看著素羅的樣子，我想起我那個釣魚狂的大姨丈，每次被魚給跑掉的時候，他都說那是條大魚，從而感到悵然若失。於是我告訴素羅不要放在心上，大家往往都會覺得錯過的魚比較大，只要好好靜下心來重寫就行了，同時也沒有忘記送給她「這個試煉是為了磨練妳，讓妳寫出更棒的小說」等安慰與鼓勵的話語。

我把考卷最後一題的答案塗在答案卡上，總算又挺過一個這輩子必須突破的考試，我懷著這樣的心情放下筆。啊，好想像傑克的豌豆樹一樣迅速成長茁壯，到一個沒有考試的世界去生活，但是真的會有那樣的世界嗎？有句話說「人生就是一連串的考試」，看來直到死亡那刻為止，人類這種生物都必須在某種形式的考試中生存。

小時候，我的夢想是成為「媽媽」。我當時下定決心，在成為媽媽以後，就要隨心所欲地亂花老公的薪水，當聽到孩子們考試的分數考不好，或不寫作業本的時候，就要狠狠地罵他們一頓。爸爸每天要去公司上班，到了假日還要幫家人幹活，看起來很辛苦，但是媽媽好像就不是這麼一回事。說起來有點慚愧，直到不久之前，我都以為媽媽在把家人送出家門以後，不是拿著電話筒聊天，就是在用有線電視看重播的連續劇，再不然就是在睡懶覺，畢竟衣服有洗衣機幫忙洗，打掃有吸塵器幫忙掃，更誇張的是，我還認為電鍋會自動把熱騰騰的飯煮好，雖然我知道如果想要煮出熱騰騰的飯，必須先把米洗好，還要在電鍋裡倒入適量的水，但是我刻意忽略其中的細節。

媽媽一直是我們家宛如神燈精靈般的存在，這點在媽媽去找工作後獲得證實。爸爸的薪水已經不會再往上漲，但是我和亨鎮的補習費卻不停增加，家人食衣住行的消費水準也在上升，為了解決這樣的困境，媽媽只好重新開始找工作。在結婚後懷上我就從職場上急流勇退的媽媽，時隔十五年獲得的職位是大型超市的銷售員，雖然我希望媽媽能找到更體面一點的工作，但是一個職涯中斷又上了年紀的已婚女性可以做的工作不多。因為採取三班制，所以媽媽的上下班時間並不固定。

媽媽在社會上能做的工作或許不多，但是她過去在家要做的工作很多，這點在後來逐漸得到印證。當我從晒衣繩上把襪子拿下來穿時；運動服被汗水浸濕也只能照樣穿時；午餐時間在廁所清洗前一天用過的湯匙時，都深切地感受到媽媽的位置，但我還是比較喜歡媽媽去上班，一來是因為媽媽的表情變得開朗多了，二來更棒的是，媽媽對我的干涉也愈來愈少。

除此之外還有一個好處。媽媽很早就宣布，今年暑假的時候，她想要好好睡個夠，所以囑咐我們不要吵著說要去哪裡吃喝玩樂，但是一直以來，無論是去山上或田野玩，或是在不得已的時候到鄉下的奶奶家住，想要趁著暑假出門走走的人，其實都是媽媽，而不是我們。我從六年級開始很討厭全家一起出遊，亨鎮更是從四年級開始就說他不喜歡，爸爸放假時也只想在家看看電視休息一下。但是媽媽卻誤以為我們會想去度假，她覺得如果不帶我們去的話，在學校肯定會很難過，所以一直以來我們只能心不甘情不願地跟著出門打發時間，只有媽媽不知道，在網路上衝浪遠比在海邊衝浪更快樂、更舒適，而且還更便宜，雖然沒辦法保證比大海更安全。

最近亨鎮好像會趁我不在的時候偷看「A片」，一想到自己的弟弟會看色情影片，就令人感到噁心，但這也不全然是亨鎮的錯，因為有時候我只是無意間打開郵件，也會被迫看到那些彷彿朝我撲過來一般彈出的淫穢畫面，小孩子畢竟充滿好奇心，遇到那些東西一而再、再而三地彈出來，我們總不能因為他沒有閉上眼睛就教訓他。

建宇也會看那種東西嗎？哥哥是模範生的素羅保證說：「他百分之百會看，我敢賭上我的名字。」在看那些東西的時候，建宇是懷著什麼樣的心情呢？我偶爾會想像自己和建宇牽手和接吻，兩個人變得更加親密，只要想到這個，即使是獨處的時候，我也覺得臉紅心跳。如果建宇說要和我牽手的話，我該怎麼辦呢？素羅說這完全取決於我的意願，我想牽就牽，不想牽就算了。我每天晚上都會在手上塗滿護手霜，接著戴上免洗塑膠手套睡覺。

我這次期末考的成績是全校一百一十三名，比之前進步了整整一百多名。

「看吧！我把妳送去那間補習班果然沒錯。」

媽媽對於自己的明智之舉感到很滿意，看起來似乎更高興了，但是我的成績之所以會進步，除了補習班的功勞以外，更重要的是我一直暗自提醒自己要好好努力，就是為了能夠在建宇面前抬頭挺胸。

我一直在等待假期的到來，除了想要睡懶覺以外，這次暑假有各式各樣的活動，所以我更加期待了。最重要的是，我以後可以和素羅一起上補習班，這讓我感到非常開心。

「我得要去上個補習班才行，不然我感覺整個暑假光是顧店就沒了。」

我們和建宇、成浩約好一起完成實地考察、寫音樂欣賞報告等暑假作業。成浩就是那個說他大伯是詩人的建宇朋友，我們上次一起去了愛寶樂園，素羅在建宇的朋友中選擇了成浩，因為他是詩人的姪子，所以素羅似乎期待他散發出來的氣場會與普通的男生有所不同。

比起和建宇單獨約會，我覺得四個人見面更舒服，畢竟無論在任何場合，總是要有香丹和方子[9]，主角們才能夠發光發熱，雖然素羅和成浩是否同意我幫他們安排的角色定位仍然是個未知數。搞不好他們還會認為自己才是主角，我們才是配角也說不定，畢竟在自己的人生中，每個人都是主角。

「哎呀，說什麼作業，她根本就是想拿作業當藉口和男朋友去玩吧！」

亨鎮如此嘟囔道。

「這不是一石二鳥嗎？幹麼這樣？跟建宇交往之後，她的個性變好了，成績也進步了，這樣的男女交往媽媽很贊成，舉雙手贊成！」

「對呀，如果需要約會費用就跟爸爸說，爸爸就算省下自己的零用錢也會給妳的。」

多虧了爸媽的支持和鼓勵，亨鎮的嘟囔顯得狼狽不堪，最近亨鎮的氣焰減弱了不少，一方面是因為我考試考得不錯，不過決定性的因素還是在於亨鎮本人身上。

亨鎮前陣子在看週末連續劇，劇中婆婆行徑十分荒唐，媳婦非常沒有教養，兩個人簡直難分高下，結果亨鎮才看一下就站到還不知道是誰的未來老婆那一邊。

「媽媽妳以後不要對我的老婆這樣做。」

媽媽這才開始對亨鎮盲目的愛和信任產生懷疑。

聽到小有真放假期間要去美國參加語言研修，所以不會來補習班的消息之後，素羅露出一臉開心的表情。

「我以為在補習班也要見到那個討厭鬼，原本還覺得有點煩，真是太好了。」

就算小有真來補習班上課，除了考試的時候，成績位於全校前百分之一、準備報考特目高的學生和排名三位數的學生也不會在同一間教室見到面，我在想要不要告訴素羅這個事實，不過還是忍住了。如果我的成績沒有進步的話，我或許就說出來了。

「我不喜歡她，我覺得她就像個娃娃一樣，還不是普通的娃娃，而是翻過來看背面什麼都沒有的紙娃娃，畢竟只知道讀書的人，明明對於世界與人生一無所知，卻老是以為讀書就是一切，自以為很了不起。」

雖然我也覺得小有真很讓人倒胃口，但我很難完全同意素羅的這番言論。我突然有一種衝動，想要把發生在我們身上的事情說給素羅聽，至少能讓她改變對小有真的看法。看到素羅的小說原稿事件，我有很深的感觸。素羅只是因為自己創作的故事不

9譯註：出自朝鮮半島著名的民間傳說《春香傳》，描寫主角成春香與李夢龍淒美的愛情故事，香丹與方子分別是成春香和李夢龍的侍女及僕從。

翼而飛就那麼痛苦，小有真可是把親身經歷的遭遇從頭到尾都給忘了，無論是多麼糟糕的回憶，如果想不起發生在自己身上的事情，那該有多麼讓人鬱悶呢？重新回憶那些事情，就像撕開已經結好的痂，觀察裡頭的傷口一樣，本以為痊癒的傷口或許正在痂皮裡化膿，也可能有一天會像在戰爭電影中看到的一樣長滿蛆也說不定，敢把它翻出來檢視的小有真，絕對不是背面空空如也的紙娃娃那般的存在。

在放假的這段期間裡，我都和素羅、建宇和成浩待在一起，把小有真的事情忘得一乾二淨。星期六下午，我們四個人約好要在假期結束前看場電影，所以我和素羅一起去了綜合購物中心。購物中心、影城和車站都蓋在同一個地方，平時的人潮本來就不少，由於是星期六下午，所以顯得倍感擁擠，再加上購物中心前的戶外舞臺正在舉行舞蹈比賽，現場氣氛熱鬧非凡，在火花四濺的舞臺上，六個女孩正跳著舞，放的歌是寶兒的〈亞特蘭提斯少女〉。

去年收錄了這首歌的專輯發行時，寶兒和東赫哥哥傳出交往中的緋聞，我們的粉絲俱樂部和寶兒的粉絲俱樂部雙方鬧得沸沸揚揚，當時我們都在罵寶兒勾引東赫哥哥，寶兒的粉絲則激動地反駁說東赫根本是癩蛤蟆想吃天鵝肉，認為他只是要蹭韓流當紅明星寶兒的熱度才放出假消息。當時我也為了挑寶兒的毛病去聽〈亞特蘭提斯少女〉，歌曲非常好聽，歌詞寫得不錯，MV也精采得動人心弦，但是身為東赫哥哥的粉絲，我不可以喜歡寶兒，也不能光明正大地聽她的歌，不過我現在和素羅在一起，素羅並不是任何一方的粉絲，於是我毫不避諱地欣賞起舞臺上的表演。

女孩們像MV中的寶兒一樣，身穿露出肚臍的吊帶式背心和低腰褲，動作華麗又性感，圍繞著舞臺的觀眾們也跟著大合唱，宛如寶兒真的親臨現場般瘋狂。受到那股氛圍的感染，我一邊抖動肩膀，一邊看著舞臺上的表演，突然嚇了一大跳，因為正在跳舞的女孩中，竟然有小有真的身影。

「素，素羅啊，那邊那個藍色頭髮女生，不是小有真嗎？」

我結結巴巴地碰了碰素羅的側腹，素羅仔細端詳起舞臺上的女孩們。

「啊？真的長得一模一樣欸。」

「是不是？對吧？可是她都去美國了，怎麼會在這裡呢？是回來了嗎？」

我的胸口不由自主撲通撲通地跳起來，素羅仔細觀察後說道：

「雖然長得很像，但是我敢打賭，她絕對不可能是小有真。」

「也是，我也覺得不可能，不過長得也未免太像了。」

我目不轉睛地盯著那個看起來特別沉浸在跳舞中的女孩。

「她不是小有真，第一個理由是，除了讀書什麼都不會的書呆子有可能跳舞跳得那麼好嗎？」

素羅朝著我如此問道。

「嗯，不可能。」

「第二個理由，妳看看她的頭髮，她的頭髮不是藍色的嗎？妳能想像小有真染成藍色頭髮、穿著露臍裝嗎？」

我搖了搖頭。

「第三個理由，妳上次不是也把小有真錯當成跟妳上過同一間幼稚園的同學嗎？」

其實那個小有真就是那個小有真沒錯，我差點就說漏嘴了。

「怎麼樣？她不是小有真的理由夠充分了吧？我們差不多該走了，畢竟時間有點趕。」

素羅朝著我晃晃手機如此說道。此時我的電話鈴聲響了，是建宇打來的，問我們人在哪裡，在聽到建宇聲音的瞬間，什麼藍色頭髮的女孩早就被我拋到九霄雲外。

進入建築物後，我踩著腳仰望著電梯的樓層指示燈，這是我第一次和男朋友看電影。一想到要和建宇並排坐在在伸手不見五指的黑暗中，我的胸口就已經撲通撲通地跳起來，手掌心也變得濕答答的。原本陷入了沉思的素羅表情嚴肅地說道：

「真真，小有真會不會真的是雙胞胎啊？畢竟跳舞的女生也有可能是和妳上過同一間幼稚園的同學不是嗎？」

「和我上過同一間幼稚園的有真就是小有真。」

我沒有回答，而是把素羅推進開門的電梯裡，透過透明的玻璃向外望去，可以發現在這段時間裡，站在舞臺上跳舞的已經換成了其他的孩子。

地下的伊卡洛斯

在放假期間，補習班的課程從早上就開始了。

我算好時間走出家門，坐上的不是補習班的校車，而是市內公車。公車把我載到市中心，下車以後，我走進巷子裡破破爛爛的建築物中，在這棟建築物的地下室，有一間叫做「伊卡洛斯」的舞蹈練習室。第一次去的時候，我因為這個地方實在太過破舊而嚇了一跳，但是現在就連那股稍微刺鼻的味道也開始覺得好聞了。我在角落掛上門簾隔成的更衣室裡換上運動服，接著夾在人群中跟著熙貞姊姊學跳舞。

熙貞姊姊是伊卡洛斯的主人，我在第一次翹掉補習班時遇見她。看到那些女生從購物中心的戶外舞臺上走下來時，我連忙上前問道：「如果想學跳舞的話，要怎麼做才好呢？」結果她們就介紹了姊姊給我，看起來忙得不可開交的姊姊瞥了我一眼，遞給我一張名片，直到開始放假之前，我每天都會把熙貞姊姊給我的名片拿出來看好幾次，上頭只寫著練習室的名字「伊卡洛斯」、「金熙貞」和手機號碼，名片的背面有伊卡洛斯的縮圖，我想起小學時在希臘神話中讀過伊卡洛斯的故事，所以又把它重新翻出來看了看。

伊卡洛斯和他建築師兼發明家的父親代達洛斯一起被關在克里特島的迷宮中，他們父子決定用鳥的羽毛製成翅膀，戴上翅膀逃出去。父親告誡兒子：「如果飛得太高，用來黏翅膀的蠟就會被太陽融化，如果飛得太低，翅膀就會因為大海的濕氣而濕透，所以一定要飛在天空和大海之間。」可是離開迷宮的伊卡洛斯沒有把父親的話聽進去，朝著天空愈飛愈高，結果用來黏翅膀的蠟被太陽融化，伊卡洛斯也因此墜海身亡。

重新讀過一次以後，我想起自己小學看到伊卡洛斯不聽爸爸的話死掉的時候，還覺得他很愚蠢，不過現在的我覺得，不畏懼死亡勇敢在天空中翱翔的伊卡洛斯看起來實在是很帥氣。正如同他戴上羽毛翅膀一口氣從迷宮中逃出去，舞蹈練習室的伊卡洛斯彷彿也讓我從現實中抽離出來，無論後頭有什麼在等著我，都已經無所謂了。

我在期末考中考出了有史以來最差的成績，老師都認為我失常，還有老師重新確認我是不是畫錯答案卡，雖然相對來看，我的成績依然名列前茅，但是在拿到了有史以來最差的成績單時，我再次感受到了一股彷彿與痛苦交織在一起的快感貫穿胸口正中央，這是我最近時常產生的一種感覺，既是痛苦又是快感，既是快感又是痛苦，快感是對於外界產生的情緒，痛苦則與之無關，是對於我自己產生的感受，不過也許正好相反也說不定。

這都是媽媽害的，看到媽媽仔細端詳成績單，似乎在試圖尋找成績下滑的原因，我好想對她大吼。爸爸和奶奶也只有在我表現好的時候，才會給我正常的關心，我好想對他們說：「這都是你們害的。」但是他們的反應並不如媽媽的反應重要。

「外婆，不要告訴媽媽我已經想起當時的事情了，我不想讓媽媽擔心。」

那天與外婆在涼亭裡聊完天後，在即將道別之際，我如此說道。

「哎呀，妳還會替媽媽著想，真是長大了啊。我知道了，我什麼都不會說的。」

雖然我這樣拜託外婆，但我也不知道自己是不是真的這麼希望，我原本似乎只是希望媽媽能夠諒解我目前的狀態。儘管我也不是故意考不好，不過或許我是想用下滑的成績為媽媽提供線索，期待媽媽能夠以此為契機理解抽菸的我，體諒翹掉補習班跑去舞蹈練習室的我，察覺到正在把那些被剪斷的記憶像拼圖碎片一樣拼湊起來的我，媽媽只要這麼做就好了。然而媽媽什麼也沒有看出來，她好像以為是關心造成我的壓力，所以我才會考不好，還叫我去補習班上課，不讓我去參加語言研修。

「妳只能失誤這一次。第二學期之後在學表現占的比例很大，所以要保持警覺才行。」

我有點後悔沒有徹底考砸，反正不管我表現得有多好，也只不過是在勉強償還利息而已。

自從發生那件事情以後，我就被迫成為失去記憶或沒有記憶的存在，畢竟大人們更注重自己的面子，所以根本不把孩子戰戰兢兢害怕從拼圖板中彈出去的痛苦情感放在眼裡，如果要向他們報仇，就必須化為他們不想要的模樣，展現出我的存在感。

我對補習班說我要去美國參加語言研修，畢竟如果按照原計畫的話，我本來就應該去大姑姑家居住的波士頓，所以絲毫不會引起任何懷疑，再加上我一直以來都是模範生的形象，就算說謊也不容易被識破。我本來想告訴大有真事情的真相，但是最後還是作罷，畢竟她在經歷同樣的事情後，竟然還能振振有詞地說出「如果被瘋狗咬了一口，就是瘋狗的錯」，這樣的人可以理解我什麼呢？搞不好她正一派輕鬆地看著我再次陷入事件的漩渦也說不定。

只要在伊卡洛斯換上運動服，我的心情就會獲得放鬆。在那裡，我不是品學兼優的模範生，也不是有什麼不可告人過去的李有真，而是跳著舞活在當下的李有真。我的舞蹈實力每天都在迅速提升，熙貞姊姊還問我以前有沒有學過舞蹈，或者家裡是不是也有人在跳舞。

伊卡洛斯有很多像我一樣透過別人推薦來學舞的人，主要都是夢想成為伴舞和舞蹈歌手的孩子們。熙貞姊姊除了舞蹈實力堅強以外，舞蹈創作能力也很優秀，最近有很多人都靠著姊姊編的舞在選秀、比賽和入學考試獲得佳績，所以前來拜訪的人也愈來愈多了。

我不停地跳舞，跳到全身濕透，筋骨都快要融化為止，或許這是對連我發生什麼事情都沒有察覺到的大人們所進行的反抗，一想到我做喜歡的事情對於他們來說也是一種反抗，就讓我覺得很刺激。我陷得愈深，感到愈快樂，就愈覺得能夠對他們造成致命的打擊，所以我加倍投入在跳舞上，把自己扔進舞蹈的漩渦中。

跳舞跳到中午過後，我會在附近的小吃店填飽肚子，接著四處遊蕩直到補習班放學的時間。我會去洗衣店洗運動服，去遊樂場玩跳舞機，去漫畫店看漫畫，有時候也會跑去網咖。玩樂時的我也是孤身一人，我甚至還曾經一個人拍過大頭貼機。

就這樣，假期就快要結束了，在跳舞中度過的一個月感覺雖然很短暫，但是當我想起在此之前的生活，又覺得那好像是十分遙遠的過去，如果開學了，不知道自己還能不能像過去一樣適應校園生活。

洗完澡之後，在我換好衣服走出來的時候，熙貞姊姊問我：

「有真啊，妳這個星期六有時間嗎？」

「怎麼了嗎？」

如果是以前的我，大概會先回答問題再詢問理由，但是我已經不想再管什麼禮貌了。其實我在家裡也想這麼做，只是我一直忍著沒有付諸行動：我想打碎將我的存在當成空氣的爺爺的照片；我想朝著定義我人生價值的奶奶大吼，叫她把嘴巴閉上；我想把搓澡巾塞到威脅我「什麼事情都沒有發生」的媽媽的嘴裡，我想往完全缺席這整段過程的爸爸的臉上吐煙。

「敏熙突然有事，不能參加這次的比賽，我希望妳能頂替她的位置。」

「就憑我的實力有辦法嗎？」

這不全然是在謙虛，與想成為專業舞者的人比起來，我的實力還差得遠了。

「妳不是都知道怎麼跳了嗎？如果想叫其他人熟悉編舞的話，時間會不夠的。」

熙貞姊姊新編排的舞蹈很帥氣，所以我確實有在大家背後練習過，搭配的歌曲

〈亞特蘭提斯少女〉也很好聽。這首歌剛發行的時候，聽起來只是一首開朗輕快、充滿希望的歌曲，不過最近感覺傷痛、祕密和被遺忘的記憶等歌詞簡直就像是在描寫我的故事一樣，明明是同一首歌，聽起來卻能夠如此截然不同，這實在是太神奇了。我決定要跳，要是知道我不只翹掉補習班，還在大街上跳舞的話，家裡那些人受到的衝擊應該會更大，最近我所有行為的目的地似乎都在那個地方，一想到這點，要在別人面前跳舞一事也不再令人感到害怕。

我們這一隊沒能在比賽中得獎，我總覺得沒有得獎是我的錯，所以對一起跳舞的其他隊員感到很抱歉，舞蹈實力固然是一個問題，不過主要還是我太緊張了，以至於在開頭有很多失誤。以往我都只有在室內跳舞，今天站上人來人往的戶外舞臺，還有這麼多觀眾，讓我有點頭昏腦脹，其他隊員似乎很享受來自觀眾的視線，但是我卻感到很不自在，直到後半段才學會勉強不去在意。

熙貞姊姊在伊卡洛斯附近的烤五花肉店請我們吃晚餐，吃完飯後，我率先站起來，準備去洗掉用彩色噴霧染過的頭髮上的藍色染劑，看到我起身，銀白色頭髮的知慧姊姊碎碎道：

「我也得在開學之前重新把頭髮染回黑色，但是我不想。」

高中一年級的姊姊在這次的隊伍中擔任隊長，起初看到她在眉骨上打洞，我還以為她沒有在上學了。

「我討厭別人把跳舞的人當成小混混，所以我也很認真在讀書。我看妳好像還滿有舞蹈天分的，繼續努力吧。」

當熙貞姊姊推薦我頂替空出來的位置，其他隊員都表示不太滿意，最後是靠著知慧姊姊積極的支持，我才得以加入。

因為大家都在餐廳，所以練習室裡只有我一個人。看到浴室地板上流淌著藍色的水，我有點慶幸自己沒有染成紅色，如果是紅色的水，看起來就會跟血水一樣可怕。洗完澡出來以後，我坐在練習室的地板上，打開電風扇把頭髮吹乾，如果不想引起家人們的懷疑，就得要把頭髮徹底吹乾才行，正如希望這一切能夠被察覺到的渴望一樣，不想被發現的心情也同樣強烈，畢竟如果被發現的話，我大概就再也不能跳舞了。

門打開，熙貞姊姊走了進來。

「原來妳還沒有走啊。」

「姊姊您怎麼這麼快就回來了？」

「大家去卡拉ＯＫ了，我還有一些東西要整理，所以就先回來一趟。有真啊，妳再過不久就要開學了對吧？開學以後還會過來嗎？」

「……我還不太確定。」

「妳家裡不知道妳來這裡的事情對吧？」

姊姊在角落的桌子抽屜裡翻來翻去，用不經意的語氣隨口問了這麼一句。我沒有回答，只顧著把頭髮吹乾，看來她目睹過我為了配合補習班的下課時間跑去投幣式洗衣店洗運動服，在大街上徘徊的樣子。

「妳有菸嗎？」

我把手放在頭髮之間，默默地注視著姊姊，看來她也看過我抽菸。

「有的話給我一根，剛剛吃完肉，總覺得肚子有點脹。」

我從書包裡拿出了菸盒和打火機遞給姊姊，稍微靠近就能夠聞到酒和烤肉的味道，我開始擔心起如果我身上也沾上了烤肉的味道該怎麼辦。

「有真啊，妳為什麼要來跳舞？」

背靠著牆坐在練習室地板上的熙貞姊姊吐了一口煙朝我如此問道。一聞到菸味，我也想抽了，於是我坐在姊姊旁邊，順勢點了根菸，接著抽了一口，這次我依然像剛開始那樣咳個不停，感到頭昏腦脹，自從開始跳舞之後，我就比較少抽菸了，可是我不知道在何時何地會面臨頭痛欲裂的處境，所以還是把香菸當成急救藥物放在書包裡隨身攜帶。直到咳嗽消停下來，我才勉強回答道：

「沒什麼特別的理由。」

香菸的煙霧在我的腦袋裡翻騰了起來。

「是嗎？那妳以後也繼續跳吧，只有在沒什麼特別的理由時，才能夠最自由自在地跳舞。」

對面足足占據整面牆壁的鏡子裡也坐著兩個人，姊姊會相信我說的「沒什麼特別的理由」嗎？

「妳讀二年級對吧？我剛開始跳舞的時候，也是在妳這個年紀，要不是有那件事情，我的人生和現在應該有很大的不同吧。」

姊姊朝著天花板吐出了煙霧。我擔心熙貞姊姊會說出她的祕密，雖然我們對彼此都有好感，但是還沒有熟到互相分享私事的地步。我害怕與別人變熟，在熟了以後，對於對方的了解有多少，就要告訴對方多少關於自己的事情，這點讓我備感壓力。根據聽來的資訊，姊姊好像是因為和反對她跳舞的父母吵架，所以才會離家出走。我還顧練習室，這裡同時也是姊姊吃飯睡覺的地方，陽光照不進來，通風也不好，仔細一看，角落還長了黴菌。

「妳知道伊卡洛斯是什麼嗎？」

姊姊忽然這麼問我，幸好不是什麼私人的話題。

「他是希臘神話中的人物，是第一個在天空上飛翔的人。」

能夠振振有詞地回答出姊姊的問題，真是太好了。雖然我不想把自己攤開來給別人看，但是我還是想讓別人知道，自己可不是腦袋空空的人。

「沒錯，我認為在伊卡洛斯身上可以同時看到兩種身影，一種是做夢的人，一種是實踐夢想的人。在夢想著能夠飛起來的時候，他的身體也如同羽毛一般輕盈。伊卡洛斯之所以會墜海身亡，並不是由於翅膀上的蠟被太陽所融化，而是因為他在實現夢想後，想要飛得更高的欲望讓他的身體變得太沉重了，所以才會掉下來。」

這番話好像也沒說錯，我不知道該說些什麼，只好沉默不語地坐著，跟別人聊些有的沒的讓我感到很不自在。

「雖然我只活了二十幾年，但是我總覺得活著不是為了任何人，沒錯，或許不知道是誰起的開端，不過到頭來塑造自我的，畢竟還是我們自己。在人生中受到的創傷或痛苦之類的事物，是要轉化為自己生命的勛章，還是要放著千瘡百孔的疤痕不管，我認為都是取決於自己。」

我看著反射在對面鏡子裡的姊姊。姊姊到底為什麼要對我說這些話呢？我有一種把傷疤全部露出來站在姊姊面前的感覺。在眼神交會時，姊姊噗哧一聲地笑了出來。

「妳沒有必要一臉嚴肅地聽我講這些，我有時候會像這樣自言自語，這也算是一種愛護自己的方法吧，只是妳剛好坐在我旁邊，恰巧聽到而已。妳竟然知道伊卡洛斯，這真是太好了。還有啊，妳不要勉強自己抽菸，畢竟用香菸是解決不了任何事情的，再見。」

姊姊拍拍我的肩膀，從地板上站起來離開練習室。愛護自己的方法……，我抱住彎起來的膝蓋，這是我擁抱自己的方法。當我想要依賴別人的時候，我就會這樣抱住自己。姊姊究竟有多麼渴望得到愛，才會找到這種愛護自己的方法呢？

只剩下我一個人的地下練習室彷彿迷宮一般，我凝視著鏡子，被困在迷宮裡的伊卡洛斯就在裡面。如果把傷痛收集起來做成翅膀的話，真的可以憑藉那雙翅膀飛起來嗎？我抱住自己，久久地注視著鏡子裡的伊卡洛斯，絲毫不曉得家裡正在上演著什麼樣的戲碼。

和我一起上外師英文輔導課的惠利，她媽媽在購物中心的戶外舞臺看到我跳舞的樣子，雖然惠利媽媽覺得那不可能是我，但還是往我家打了通電話以防萬一。在媽媽的想像中，我正在為挽救下滑的成績認真讀書，用功到每天晚上都睡得不省人事，所以當天她也以為我是去補習班上特別輔導。媽媽對惠利媽媽說：「我們家孩子現在人在補習班。」接著打電話給我，我的電話當然處於關機狀態，媽媽心想大概是因為在上課，我才會把手機關掉，於是又打了電話給補習班，聽到今天有特目高班級的特別輔導，媽媽放心下來，請補習班換班主任聽電話，可能是想要跟老師打聲招呼，順便了解一下我的狀況，但是老師反而問起我的情形：

「有真她從美國回來了嗎？」

真可惜沒能看到媽媽當時的表情，恰巧人在家裡的爸爸又是什麼樣的表情呢？如果爸爸不在，只有媽媽一個人知道這件事情的話，就不會上演後面的戲碼嗎？

我一走進家門，爸爸就立刻從沙發上站起來，我以為爸爸理所當然不會在家，所以在看到爸爸的身影時有些慌張，不過我還是像平時一樣打招呼說「我回來了」，但我沒有看到有善和有美。

「去哪裡了？妳跑去哪裡了？」

看到媽媽的目光中透露著「我全都知道了！」的神情，我從頭到腳湧現一種酥酥麻麻的快感，同時我的內心也籠罩在「現在該怎麼辦才好？」的恐懼當中。

爸爸抓著我書包，用力把它扯下來，我的肩膀被拉得有點痛。爸爸打開書包，倒過來搖了搖，嘩啦嘩啦掉在地板上的不是書，而是運動服、彩色噴霧、錢包、小冊子、原子筆等雜物，還有香菸和打火機也掉出來。媽媽的臉色蒼白，爸爸則滿臉通紅，我一邊深呼吸一邊注視著爸媽的表情，就在此時，爸爸的手掌朝著我的臉頰飛來，我踉踉蹌蹌地跌撞在沙發上。

「這是什麼東西？妳怎麼可以這樣？怎麼可以這樣明目張膽地欺騙我們！」

媽媽沒有阻止爸爸，也沒有打算要保護我，而是拿起菸盒，怒氣沖沖地向我大聲喝斥道，我瞪著媽媽。

「妳難道覺得自己做的是什麼好事嗎？還好意思把頭抬起來！」

爸爸衝過來又對我舉起拳頭，拳頭重重地落在我的腦袋和身體上。

這一次媽媽也沒有站在我這邊，她的眼神和爸爸一樣，冷冷地看著我挨打。在打我之前，爸爸不是應該先詢問我這麼做的理由嗎？不是應該先問我為什麼要跑去跳舞和抽菸嗎？他擺著一臉早就知道會演變成這樣的神情，表現得彷彿一個隨時準備好在我犯錯時把我教訓一頓的人，一直以來我之所以沒有挨打，也只是因為我拚了命地努力。想到這裡，我忍不住嗤嗤地笑了出來。

「老婆，快點聯絡大姊，這小子，我連一眼都不想再看到她，現在立刻把她給我送到美國去，讓她繼續待在這裡的話，只會長成沒出息的廢物。」

爸爸喘著粗氣如此大吼道。

不是我的錯

看完電影道別之後，建宇就沒有再打電話來，他不接我的電話，也不回覆我的簡訊。

「妳絕對不要先打電話過去，要等到建宇打電話來為止。」

儘管素羅如此叮嚀我好幾遍，可我實在是等不下去，雖然才分開沒幾個小時，但是我總覺得好像過了好幾年一樣。

我撥通建宇家的電話號碼。我應該跟他道歉，說自己不是因為討厭他才會那麼做的。當嘟嚕嚕的待接聽鈴聲響起時，為了平復緊張的情緒，我深深地吸了一口氣。

「喂？」

接電話的人不是建宇，從這麼有教養的聲音聽起來，肯定是建宇的媽媽。我以為會是建宇接電話，所以有點慌張，但還是趕緊清清喉嚨，用我這輩子最有禮貌的語氣說道：

「您好，我是建宇的朋友李有真，請問可以請建宇聽電話嗎？」

建宇媽媽應該會假裝認識我吧？或許還會問候我媽媽的近況，那麼我就可以回答媽媽開始上班了。然而，話筒裡的建宇媽媽卻沉默不語。

「喂？」

我又重新說了一次，才聽到話筒那端傳來冷冰冰的聲音。

「建宇現在不在。」

接著電話就掛斷了，留下我拿著「嘟嘟」作響的話筒。什麼？建宇媽媽不記得我？不對，是把我當成別人嗎？雖然我想重新打過去確認，但是一想起那股冷冰冰的聲音，就讓我提不起勇氣。建宇媽媽是個人很好的阿姨，會把別人的事情當成自己的事情來認真對待，建宇也說父母是他在這個世界上最尊敬的人，況且他還說媽媽很了解他的內心，就如同朋友般的存在，難道建宇已經把在電影院裡發生的事情告訴他媽媽了嗎？

在進入電影院之前，我就感到膽戰心驚，連該怎麼坐都不知道，不過成浩率先坐在座位上說道：

「素羅啊，妳過來這裡。」

素羅看看我，咧嘴一笑，好像是在表示：「我說得沒錯吧？」素羅有說過男生們應該會事先商量好要怎麼坐。我偷偷瞄了建宇一眼，發現他正裝作一副若無其事的樣子。我坐在素羅旁邊，建宇坐在我身邊，我們看的電影是恐怖片。兩個男生給我們選電影，結果我跟素羅琢磨了老半天，如果是有親熱場景的電影，要一起看實在是有點害羞，所以我們就選了恐怖片。並排坐在伸手不見五指的黑暗中，我開始覺得沒有選擇情慾電影真是太好了。

電影途中出現可怕的場景，我尖叫著想要抓住素羅，但是素羅卻緊緊地挨著成浩，我只好摸摸鼻子繼續盯著畫面看，因為這是電影的高潮片段，所以不斷跑出恐怖的場景，在不知不覺間，我也朝著建宇的方向緊緊靠過去，在碰到身體的那一瞬間，我感覺到建宇整個人非常僵硬，與此同時，建宇調整了自己的坐姿，讓我可以靠得舒服一點，但我實在是太高了，所以還是不太自然，我開始羨慕起素羅那嬌小的身材，雖然這個姿勢從後面看起來可能有點滑稽，不過我仍然靠在建宇身上繼續看著電影。

漸漸地，我感覺到建宇的呼吸聲似乎愈來愈大，事實上從剛才開始，我的胸口也在撲通撲通地跳動，一直以來想像了無數遍的場景即將成真，我把手掌上滲出的汗水擦在大腿上，建宇故意乾咳了兩聲，稍微活動一下身體，當他熾熱的鼻息貼近我耳邊的那一瞬間，我頓時嚇一大跳，因為有一股不舒服的感覺冷不防地籠罩在我的身上，當時的情景浮現出來。

「妳真乖，因為妳實在是太可愛了，所以我才會這樣做的。」

我的腦海中響起幼稚園園長的聲音，本以為已經遺忘的聲音竟然如此鮮明，簡直就像從坐在旁邊的建宇口中說出來一般，我連忙把身體從建宇身上挪開，筆直地坐起來，就在此時，建宇握住我的手，可我就好像碰到蟑螂一樣，嚇得甩開那隻手。在那之後氣氛就降到了冰點，建宇盡可能坐在離我最遠的地方，我已經不知道電影劇情在演什麼了，只希望可以快點結束，因為有素羅和成浩在，所以我也沒辦法先行起身。

電影結束後，在燈光亮起來的那一刻，我偷偷看了建宇一眼，他的表情極為僵硬，在儂特利[10]吃漢堡的時候，建宇的眼神也沒有和我對視過，素羅和成浩只顧著熱烈討論電影劇情，絲毫沒有察覺到建宇與我之間那尷尬的氣氛。

與男生們道別之後，在回家的路上，我告訴素羅自己把建宇的手甩開了，素羅則說她雖然和成浩牽了手，但是沒有產生任何感覺，所以有點無趣。

「就跟牽妳的手時一模一樣，妳以為就只有這樣嗎？成浩的手還抖個不停，我都快要被他給笑死了。」

看著素羅笑嘻嘻地高談闊論，我感到五味雜陳，心裡很不是滋味。

「什麼啊？你們是不是根本就一點都不喜歡對方？」

原本應該是主角的我和建宇，就在氣氛降到冰點的狀態下道別，反倒是香丹和方子這兩個配角樂得歡天喜地，讓人隱約感到有點不爽。

我原本相信建宇一定會先打電話過來，但是建宇不僅沒有主動這麼做，反而還無視我的電話和簡訊，就算我打到他家的電話，也被接起來的建宇媽媽冷冷地掛斷，我突然覺得建宇彷彿在地球的另一端一般，離我好遙遠，於是我只好向素羅尋求幫助。

「不要說是我叫妳打的，妳打電話問成浩看看，說不定他會知道些什麼。」

我焦急地等著素羅的電話，可實在是等不下去，所以忍不住打了電話過去，但是她沒有接電話，聊天訊息也顯示拒絕接收中，後來聽到素羅說她是在和成浩玩線上遊戲時，我的內心頓時湧現一股遭到背叛的感覺，再加上根據素羅的說法，成浩看起來連建宇心情不好都不知道，聽到這番話，讓我的心裡感到更加鬱悶了。

10譯註：樂天集團旗下的一家跨國速食連鎖店。

「成浩說要跟我玩一局，我怎麼可能拒絕得了呢？」

好吧，這兩個不管別人死活的傢伙，就好好玩你們的遊戲吧！朋友正陷在這般痛苦的大海中死命掙扎，居然還那麼無動於衷，怎麼可能寫得出什麼好小說來呢？我勉強忍住差點脫口而出的這句話。

建宇跟我道歉了，還送了我禮物——是一條寶石項鍊，建宇像新郎一樣，幫我把項鍊戴在我的脖子上，還親吻了我的臉頰，讓我覺得好幸福，接著我們牽著手約會，素羅和成浩都沒有跟來，真是太好了，可是我卻突然想去上廁所，我這才發覺自己在夢裡，如果想去廁所的話，就得要從夢中醒過來，所以我強忍著尿意，拚命想要多享受一下這份幸福感，眼看就快要憋不住的時候，我才依依不捨地爬起來，為了不醒過來，我半閉著眼睛走向廁所，可是當我重新回到床上躺下來時，已經沒辦法再次進入夢鄉了。今天是星期天，連媽媽也放假，所以家裡的其他人都在甜美地睡著懶覺，只有我一個人醒著感受現實的殘酷，這實在是太悲慘了。現實中沒有寶石項鍊，也沒有親吻我臉頰的建宇。

建宇昨天晚上始終沒有聯繫我，看來建宇媽媽大概沒有告訴建宇我有打電話過去。難道是因為我把他的手甩開，所以他生氣了嗎？我之所以會那麼做，並不是由於我討厭建宇，而是因為當時腦海中響起那個壞蛋的聲音。如果是建宇媽媽的話，應該能夠理解我當時的心情才對。

晚點吃完早餐後，我又打了電話給素羅，已經跟成浩通過電話的素羅告訴我，建宇好像發生了什麼不好的事情，我一聽心裡就更加著急了。

▼建宇啊，昨天的事情我感到很抱歉。

我傳了簡訊過去，我覺得如果建宇真的那麼傷心的話，就應該由我先道歉才對。

當天晚上，建宇回覆我簡訊，要我確認一下郵件，於是我懷著忐忑不安的心情打開信。我理所當然地認為，他一定會接受我的道歉，接著表達自己的心意，但我萬萬沒想到的是，這竟然是一封分手通知，信裡說這段時間他很開心，希望我們接下來能以朋友的身分相處，還要我不要追問分手的理由，但是我怎麼可能不追問呢？如果真的如我所料，只是因為這樣就提分手的話，那我好歹也要罵個幾句，譴責他真沒有肚量，我才會甘心。

客廳裡只有媽媽一個人在看電視。爸爸說想下個幾盤圍棋，於是跑去鎮上的棋院，亨鎮跟著二阿姨家去江華島度假，要等到後天才會回來。我拿起沙發上的無線電話走進房間，因為我的手機已經用完這個月語音通話的額度，所以只能拿來接電話而已。

「這麼晚了不要講太久，不然人家爸媽會不高興。」

媽媽好像以為我是要和建宇甜蜜熱線，我沒有回答就關上房門，用力按下號碼。就算是建宇媽媽接電話，我也不覺得害怕了，不過幸好這次接起來的是建宇。

「是我。」

建宇先是沉默不語，接著問我有沒有把信讀完，聽到建宇的聲音，我的眼淚都快要流出來。

「我看完了，所以才會打電話給你。麻煩你告訴我，為什麼會說不想再見面了。」

我壓抑著情緒如此說道。

「我不是講過不要問了嗎？」

建宇用一種悶悶不樂的語氣這麼回覆我。

「是因為我把你的手甩開，所以你才這樣的嗎？」

建宇再次陷入了沉默。

「唉，那件事情，我當時，哎呦，總之不是你想的那樣，我會那麼做也不是因為討厭你。」

不能一吐為快的心情讓我感到很鬱悶。

「只是在你準備牽我的手時，我想起了過去的記憶，所以才會那樣的。」

「總而言之，我們還是不要再見面了，媽媽也說……不要和……那種女生在一起。」

建宇的聲音聽起來好像在顫抖。

「那種女生？這句話什麼意思？」

難道是因為她發現我不是全校第一名嗎？

「我不想再說下去了。」

「在沒有聽到你的回答以前，我是不會掛電話的。難道是因為全校第一名的事情，所以才會這樣講嗎？如果是那樣的話……。」

為什麼我這麼執著於聽到他的回答呢？我真想殺了我自己。

「就是，妳在幼稚園時發生的事情……，我雖然不記得了，但是我媽她全都記得。」

建宇打斷我的話，把理由告訴了我。這到底是怎麼一回事？我感到不知所措，頓時結結巴巴了一會兒。

「對，對啊，這件事情我也知道，聽說你媽媽當時幫了很大的忙，但是那又怎麼樣？」

「我媽媽說……有過那種經歷的女生……會有問題……。」

建宇的這句話化成了錘子重重地敲在我的腦袋上。這是什麼意思？難道這是夢境嗎？剛才和建宇約會的情景才是現實，現在聽到的這句話才是在夢裡對吧？

「問題？什麼問題？建宇啊，那不是我的錯，也不是我希望它發生的，關於這點，我想你的媽媽應該比任何人都還要清楚才對。」

我急切地如此說道，試圖抓住快要從夢境裡消失的建宇。

「雖然這些她都很清楚，但是她好像還是不希望我跟那種女生在一起。總而言之，我很抱歉，保重。」

電話被掛斷了，「嘟嘟」的聲音與建宇說的字句交織在一起，在我的腦海中嗡嗡作響：那種女生、那種女生、那種女生……。

我放下電話，原本跨坐在床頭上的我，身體也跌到地板上，我背靠著床蜷曲起膝蓋，把頭埋了進去。那種女生指的是什麼呢？都過了快十年了，也不是我的錯，還以為已經只剩下疤痕，為什麼那件事情到現在又成了問題呢？遲來的淚水終於潰堤，我嗚嗚地嚎啕大哭起來。

媽媽打開房門走了進來。

「怎麼了？妳怎麼哭了？妳不是在跟建宇講電話嗎？」

媽媽嚇得大驚失色，搖晃著我的身體如此問道。我哭著說：

「媽媽，建宇說要跟我分手。建宇他媽媽說……有過那種經歷的女生會有問題，所以叫建宇不要和那種女生在一起。」

「什麼？」

「妳不是說建宇他媽媽當時有出面幫忙嗎？那她為什麼不讓我跟建宇在一起？為什麼要說我是『那種女生』？」

我淚眼汪汪地注視著媽媽，媽媽的表情扭曲成一團，雙手握緊拳頭，氣得渾身發抖。

「建宇媽媽真的這樣說嗎？好啊，我要去找這臭女人算帳！」

媽媽作勢要衝出房間，把我嚇了一大跳。

「喂，妳要做什麼啊？媽媽。」

「她也是有孩子的人，怎麼可以講出那種話。我要去找她，把她的嘴巴給撕爛。」

媽媽雖然個性爽朗，但也不是個會隨便破口大罵的人，看到媽媽罵建宇媽媽罵得這麼激動，照著這股氣勢，她可能真的會把這句話付諸行動。

「媽媽，妳忍一忍！反正我也正想和建宇那種媽寶分手。」

我連忙抓住媽媽，雖然這句話是為了勸阻媽媽才說的，但是在說出口之後，我也認為似乎真是如此。我甚至感到有點氣憤，氣自己在建宇提出分手理由的時候，竟然沒能及時說出這句話。

「電話跑到哪裡去了？那種雙面人就應該跟電視臺投訴，讓她被徹底封殺。」

媽媽怒氣沖沖地抓起掉在地板上的電話。

「我快要被媽媽搞瘋了，妳幹麼這樣啦，媽媽！」

我一邊大叫一邊抓住媽媽。媽媽和我就這樣為了搶電話互相拉扯好一陣子。因為忙著安撫媽媽，我甚至都要忘卻與建宇分手的事實。

第二天早上，我看到媽媽的眼睛腫得鼓鼓的，爸爸也瞎扯著一些不著邊際的話題，看來他也已經知道事情的原委了。我們誰都沒有提起昨晚發生的事情，只是靜靜地把早餐吃完。在這種時候，我反而想念起不懂得察言觀色，還會把氣氛炒熱的亨鎮。

「妳從今天開始每天下午都要去補習班對吧？補習費在這裡，不是差不多該報名下個月了嗎？」

媽媽把裝有補習費的信封袋放在餐桌上，雖然每個學校的開學日期都不一樣，但是補習班是從今天下午開始上課。

爸媽去上班剩下我一個人後，從建宇那裡聽到的那些話再次在腦海中嗡嗡作響，我不喜歡獨處，於是打了電話給素羅，現在我想把一直以來隱瞞的事情都說出來，原本還躺在被窩裡的素羅，一聽到我有事情要對她坦白，聲音一下子就清醒過來，對我說她馬上就趕來我家。有個願意不管三七二十一就趕過來陪我的朋友，這點著實帶給我莫大的安慰。

「在我們家吃完午餐，要個廢之後就直接去補習班，記得把書包帶過來。對了，妳應該知道今天是下一期報名的日子吧？」

自從決定對素羅坦白的那一刻開始，我的心情似乎就平靜下來，腦袋也清醒許多。應該從哪裡開始說起呢？只要說我的事情就好了嗎？還是要連小有真的事情都說出來呢？經過一番掙扎，最後還是決定全部說出來，畢竟要挑選哪些該說、哪些不該說並不容易，我也不願意繼續把祕密埋在心裡。

素羅來到我家以後，我把自己和小有真上同一間幼稚園，以及在那裡發生過的事情都告訴她。

「對不起，這段時間以來都沒有跟妳坦白，我總覺得有點難以啟齒，所以才沒有說。」

我一道歉，素羅就抱住了我，用溫暖的聲音對我說：

「沒關係，那些往事有什麼好提的呢？光是要聊現在的事情就已經忙死了。不過真真啊，還是謝謝妳願意跟我說。」

隨後我還跟素羅大吐苦水，說原本以為只剩下模糊傷疤的那件事情，現在對我產生了什麼影響，結果素羅和媽媽同樣憤慨：

「和那小子分手反倒是件好事，建宇就是像他媽媽，不然還會像誰呢？」

素羅也說她不會再跟成浩見面了，我一方面覺得這是理所當然的事情，另一方面又感到有點抱歉。

「其實我也沒有很喜歡成浩，我只是為了能四個人一起玩，才姑且跟他泡在一起的。我不是跟妳說過，在牽手的時候，我還差點被他笑死了嗎？」

素羅果然很講義氣，聽到素羅的這番話，讓我想起建宇正準備跟我牽手的那一瞬間。

「我從臉頰上感受到建宇的呼吸，接著就想起幼稚園時的那個壞蛋，讓我覺得很不舒服。那個壞蛋叫我坐在他的膝蓋上，還在我的耳邊低語，當時我只覺得有點癢癢的，但是在電影院的時候，就產生一股噁心的感覺，讓我覺得非常反感。明明對方是建宇，而不是那個壞蛋。難道這就是所謂的後遺症嗎？萬一我以後還是持續這樣的話，該怎麼辦才好呢？」

這是我沒能對媽媽說出口的話，聽完我的問題，素羅歪了歪頭。

「哎呀，應該不是因為那件事情。上次寶拉的朋友來我家玩的時候，我剛好聽到她們在聊天，那個姊姊也說，當她男朋友正準備親她的時候，她就感到很害怕。而且，雖然有點可笑，但我也不是完全沒有產生過那種想法。」

我注視著素羅，好奇她這句話是什麼意思。

「當成浩想要牽我的手時，其實我也有點害怕。雖然我期待很久，但是真正牽到手的時候，又覺得好像不應該這麼做，真是太奇怪了。小學時跟男生們打打鬧鬧，或者在體育課上手拉著手，跟男朋友在電影院牽手好像不太一樣，不知道為什麼總有一種在做壞事的感覺。於是我仔細想想，我們既不是一無所知的孩子，也不是可以隨便跟別人發生肢體接觸的年齡，或許就是因為恰好處於懵懵懂懂的階段，所以才會這樣。換句話說，即使妳沒有發生過那些事情，現在和建宇牽手大概也會覺得不太舒服吧。等到我們以後長大了，只要遇到相愛的人，就算是做比牽手還更進一步的事情，我們也會感到幸福和著迷的。」

素羅一臉認真地如此說道。這些話似乎不只是為了安慰我才說的，我想要相信素羅說的話。

「是這樣嗎？」

「那當然啦，妳以後要是有了初吻，一定要第一個告訴我喔。」

「當然會，妳也是。」

「好。對了，我也有事情要跟妳坦白。」

我嚇了一跳，雙眼盯著素羅看。

「妳前陣子期末考成績一下子進步很多，我在恭喜妳的時候，那個高興的樣子其實是勉強裝出來的。」

聽到這句話，原本還緊張兮兮，不知道素羅要說什麼的我不由得笑出來。

「在看完電影出來後，聽妳說起跟成浩牽手的事情時，其實我也不太開心。」

「哎呀，這麼看來，我們都有點偽君子，對吧？」

「沒錯。不過妳剛才說比牽手還更進一步的事情，指的是什麼啊？」

看到我笑著這麼問，素羅一邊搔我癢，一邊說道：

「妳這個愛想歪的丫頭，不知道還問？」

我們在床上滾來滾去，笑到眼淚都流出來了，肚子也好痛，笑聲也沒有因此停下來，接著先注意到電話鈴聲的人是素羅。

「妳的電話。」

我強忍著笑意拿起手機，畫面上顯示的是「小有真」，那一瞬間，我直覺認定在戶外舞臺跳舞的女生就是小有真沒錯，或許是看到了我的表情不太對勁，素羅連忙收起笑容，問我是不是建宇打來的。

「是小有真。」

回答完素羅以後，我把電話接起。

「喂，是我。」

「拜託妳救救我，我被關在家裡了。」

小有真好像在被什麼東西追趕著一樣，急急忙忙說完了這句話以後，電話就掛斷了。光是憑著這句話，就足以讓人感受到她的處境有多麼危急，恐懼瞬間湧上我的心頭，彷彿被關起來的人是我一樣。

「她說她被關在家裡了，要我去救她。怎麼辦？該怎麼把她救出來呢？」

我試著重新打電話給小有真的手機，但是她已經關機了。

「當時那個在跳舞的女生果然是小有真吧，如果模範生被逮到那個樣子的話，肯定會被家裡關起來的。」

素羅點點頭。該怎麼辦才好？素羅啊，該怎麼把小有真救出來呢？我急得像熱鍋上的螞蟻。

「妳知道她們家的電話號碼嗎？」

素羅如此問道。

「不知道，對了，我們的班級群組裡不是有地址和電話號碼嗎？」

素羅連忙把寫在班級群組裡的電話號碼和地址抄到便條紙上。

「我們還是先去小有真家附近看看比較好，一邊走再一邊想辦法吧。」

我草草盥洗完之後，匆匆忙忙地換了衣服，正準備穿鞋子時，又折返回去把裝有補習費的信封袋塞進書包。

我們搭計程車到小有真家附近，下計程車後素羅打電話到小有真家。我屏住呼吸看著素羅，素羅也壓低嗓門。素羅在電話裡的聲音本來就略微沙啞，甚至連我都常常會誤以為是素羅她媽媽。

「您好！我是有真補習班的數學老師，有真從美國回來了嗎？她的手機好像關機了。啊，是昨天回來的嗎？原來如此，那應該很累吧？我剛好有事情到這附近，所以準備了一些先修講義過來，如果能夠在開學前讀過一遍，應該會對她很有幫助，可以請有真來一趟商店街裡的巴黎貝甜麵包店嗎？畢竟要是進度落後太多的話，開學之後會很辛苦。嗯，只要用功一點還是有機會挽回的。嗯，要麻煩媽媽多鼓勵她了。」

素羅只上過一個月的課，就完美地模仿了我們補習班的老師。我們補習班的賣點就在於老師對於學生的關懷，媽媽也說補習班老師都會三不五時打電話來關心，她覺得這樣的做法很好，但是素羅媽媽卻表示，老師時不時就打電話過來是我們補習班的缺點，她認為那都只是商業手法，希望補習班可以少打一點電話。素羅媽媽在這個世界上最害怕的東西，就是老師的電話，這都要從那件事情說起。

在一年級時，素羅曾經被叫到學務處。

「素羅啊，妳媽媽可以來學校嗎？我們沒有能幫忙監督營養午餐的媽媽，一個月只要來兩次就好了，妳打個電話問問看家裡吧。」

班導對著素羅如此說道。素羅雖然知道自己的媽媽為了顧店，忙到連上廁所都不能想去就去，但還是打電話把老師的話轉達給媽媽。

「媽媽，老師希望妳可以來幫忙監督營養午餐。」

素羅媽媽不知道素羅是在學務處打電話給她。

「媽媽要忙著顧店，怎麼可能去得了啊？別說是老師了，就算是老師的爺爺來叫我去，我也去不了。」

「老師，我媽媽說別說是老師了，就算是老師的爺爺叫她來，她也來不了。」

聽到了素羅轉達的話，雖然老師也感到不知所措，不過透過電話聽到素羅原封不動地把話轉達給老師的素羅媽媽說，當時就算沒有地洞，只有螞蟻洞，她也恨不得馬上鑽進去，永遠不想出來。

為了彌補這個過錯，素羅媽媽不得不在店裡聘請工讀生，一整個學年級兩個學期都來學校幫忙。在那之後，只要看到老師打來，素羅媽媽都會站起身來，畢恭畢敬地接電話，所以她才會覺得，補習班的老師三不五時就打電話來，並不是什麼值得高興的事情。藉由這件事情，素羅察覺到無論再怎麼強悍的人，遇到孩子的老師也只能示弱，於是她就利用這一點，輕鬆騙過小有真的媽媽。

「尹尹，如果沒有妳的話該怎麼辦？做得好！妳做得太好了！」

朋友說謊我還是頭一次打從心裡感到這麼高興，素羅抓住準備走進麵包店的我。

「喂，小有真的媽媽說不定會跟過來，這個時候我們就要在外面等著。」

素羅真是無所不知，人家都說讀萬卷書，行萬里路，書讀得多的人果然就是不一樣。我的心情彷彿成為推理小說的主角，懷著緊張不安的心情等待著小有真的出現。我們等著等著，終於看到小有真的身影時，素羅攔下一輛放乘客下車、準備重新出發的計程車。小有真戴著一頂帽子穿著短褲和拖鞋，或許她就是靠著這身打扮，才讓大人安心放她過來的，我們並沒有看到她媽媽的身影。

「小有真，這裡啊這裡！」

我朝向小有真揮舞著雙臂，小有真跑了過來，還來不及打招呼，我們就坐上計程車。

素羅坐在前面，我和小有真坐在後面。直到計程車出發以後，我們才鬆了一口氣，但是小有真卻一動也不動，什麼話也不說，我假裝沒看見她眼角那塊瘀青的痕跡。

火車開往的地方

火車裡黑漆漆一片，坐在對面的大有真和素羅互相倚靠著睡去，她們的表情顯得很平靜，我也能夠以那樣的表情睡去嗎？我總覺得要是我睡著了，任何人都可以從我的樣子看出我離家出走的事實。

我們正在前往距離海邊最近的車站——正東津站，雖然大有真和素羅就在我的眼前，但是我卻沒辦法確實感受到自己正與她們一起前往海邊，或許是因為她們兩個人的表情就像要去旅行一樣平靜。明明我們翹掉補習班，一句話都沒說就跑出來，她們怎麼還能夠看起來那麼平靜呢？難過是因為有「我」這個藉口可以用嗎？等到回家之後她們或許就會說，自己救出被關在家裡的可憐朋友，而那個朋友又說她不想回家，所以在百般無奈之下……。

那我回到家裡之後，又應該怎麼說才好呢？我回得去嗎？如果我對爸媽說，我之所以會翹掉補習班、抽菸、跳舞、從家裡逃出來，全都是你們的錯，爸媽會接受嗎？

我總覺得要從他們那裡獲得諒解，比起用這個世界上不存在的語言說話還要困難。一想到這裡，此刻乘坐的火車彷彿不是開往正東津，而是駛向世界的盡頭，車窗外什麼都看不見的黑暗，就像是我的未來。我把雙腳放在座位上，蜷縮著抱住膝蓋，盡可能讓身體之間有最多的接觸。

打電話給大有真的時候，我還沒有想過會走到這一步。其實我也沒想到她真的會來救我。爸爸在出門上班時還吩咐媽媽說，在把我送到波士頓之前不要讓我踏出家門外半步。當媽媽拿著食物走進來的時候，我還以為她至少會問問我，為什麼我要做那些事情。

「妳是打算氣死我嗎？妳是想讓我死給妳看嗎？在背後捅人一刀也要有個限度，怎麼可以這麼明目張膽地欺騙我們呢？」

聽到媽媽這麼說，我的腦海中頓時浮現出她威脅幼小的我把事情忘掉的樣子，媽媽在那個時候拋棄了我，我的心一下子沉下去，變得涼颼颼的。

「你們真的要把我送到美國去嗎？」

我真正想說的其實是「妳又要拋棄我了嗎」？

「妳說呢？妳覺得妳照現在這樣下去，還有做人的資格嗎？妳只會讓家裡丟臉，給有善和有美帶來不良的影響。」

媽媽說的話和奶奶一樣。我怎麼了嗎？到外面看一看，比起拿全校第一名的模範生，沒有拿全校第一名的人多的是，而且他們也有自己的夢想，有自己的計畫，不是只有乖乖聽大人的話、功課好的模範生才有做人的資格。

小時候因為害怕挨打，所以我連自己的記憶都拋棄了，但是現在我已經不想再這麼做。小學六年級時，我曾經去洛杉磯參加語言研修，那是一段非常愉快的時光，甚至讓我想要繼續待在美國上學，可是我不願意像受到處罰一樣被送過去，就算要去美國，我也應該在自己想去的時候去。

我得要暫時脫離這個家，之所以會打電話給大有真，是因為除了她以外，我知道的電話號碼實在不多，雖然我也知道伊卡洛斯的電話號碼，但是我還不想把我的情況告訴熙貞姊姊。姊姊曾經說過，要把創傷轉化成勛章，還是要放著千瘡百孔的疤痕不管，都是取決於我們自己。

一聽到媽媽轉達補習班老師說的話時，我的胸口就撲通撲通地跳起來——是大有真趕來了。為了不引起懷疑，我照著原來的打扮準備出門，媽媽遞給我一頂帽子和開襟外套。我感覺得到有一股目光一直注視著自己，於是我望向媽媽，結果她立刻換上一臉僵硬的表情，我很好奇，在那之前她究竟是以什麼樣的表情看著我。為了把開襟外套穿上，我張開手臂，露出上面的瘀青，那個瘀青就如同我小時候經歷過的遭遇一般，彷彿永遠不會消失。

「在去美國之前，妳千萬別透露任何動靜。不要跟老師聊些有的沒的，拿了講義就回來。」

自己的女兒翹掉補習班跑去跳舞，所以被關在家裡，媽媽可不想讓別人知道這個事實。媽媽大概會說，她是因為不滿意我國的教育現狀，所以才會從小就把孩子送出國留學。

等著我的不是只有大有真一個人，整天和她黏在一起的那個叫做素羅的女生也站在計程車旁邊。我和她們一起坐上計程車，兩個人就像從反派的巢穴中把我拯救出來一樣，看起來十分悲壯，然而我的不安並沒有因此消失。車子開了二十分鐘左右後，素羅停下計程車，這是我從來沒有見過的小鎮。

「到這裡，妳家裡的人應該就抓不到妳了吧？」

素羅關上計程車門後朝著我咧嘴一笑。我對素羅幾乎一無所知，只知道她是和大有真形影不離的好朋友。素羅對我又有多少的了解呢？我望向大有真，她好像讀出我的想法，避開我的視線。

「我們先去吃點東西再說吧！」

素羅走在前頭。

「因為發生一些事情，所以我把原委大概都跟素羅說了，對不起。」

大有真悄悄對我這麼說道。發生一些事情指的是什麼，大概又是到什麼程度呢？仔細想一想，她跟素羅那麼形影不離，卻直到現在才說出來，我好像應該稱讚她口風很緊，於是我聳了聳肩，表示沒關係。

我們走進小吃店，就在這一瞬間，我猛然感覺到飢餓，頓時食慾大增，一口氣點了辣炒年糕、餃子、炸物和醋辣涼麵。當我夾起辣炒年糕時，素羅問道：

「在購物中心前面跳舞的那個藍色頭髮的人是妳對吧？」

緊接著大有真又補充說明道：

「我們去看電影的時候，看到一個長得跟妳一模一樣的女生，當時我們覺得那應該不是妳，畢竟就算妳這麼快就從美國回來，怎麼可能會在那裡跳舞呢？」

「我沒有去美國，因為期末考成績下滑，所以媽媽叫我去上補習班不讓我去參加研修，不過我用補習費跑去舞蹈練習室學跳舞了。」

我像是在講別人的事情一般如此說道。我本來就是這樣的人，所以不要以為我在開玩笑，我的話語中多少包含這樣的意思。

「結果後來事跡敗露，所以妳就被關起來對吧？幸好他們沒有把妳的頭髮剃掉。模範生怎麼會想要翹掉補習班去學跳舞呢？妳現在看起來總算像個正常人。」

素羅笑著如此說道。爸媽說我這樣根本沒有做人的資格，她卻說我這樣看起來才像個正常人。

「但是妳就這樣子逃出來的話，以後不是會被教訓得更慘嗎？那該怎麼辦呢？」

大有真講出來的話比以前的我更像模範生。

「爸爸要把我送到波士頓，現在正在準備文件。」

我以為她們會認為這點就足以構成我從家裡逃跑的理由。

「波士頓？那裡是美國吧？那妳要去留學嗎？」

大有真雙眼驚訝地如此問道。如果按照爸爸的計畫，確實是這樣沒錯。

「哇，真好！聽說美國的小孩都不怎麼讀書，舞會派對也是家常便飯。」

剛把餃子放進嘴裡，兩邊的臉頰撐得鼓鼓的素羅如此高喊道。

「對啊，美國學校跟我們不一樣，不會用成績來評斷一個人，可以穿自己喜歡的衣服還能夠化妝，真是太棒了，妳什麼時候要去？」

大有真像阿呆與阿瓜一樣附和著素羅的話。

去參加語言研修回來之後，我三不五時就會從外師英文輔導課的老師那裡聽到一些美國學校的事情，所以一聽到她們講的話，我不由得笑出聲來，我真想把大有真或素羅推到爸媽面前，讓她們代替我被送過去。

「我不想去，現在還不想。」

「那妳就說不想去不就好了嗎？妳只要向他們保證以後再也不會去跳舞，就像以前一樣當個模範生就可以了吧。」

素羅如此說道，大有真的表情看起來也對素羅說的話深有同感。要這麼做的話已經太遲了，最重要的是，我不想要這麼做。

「對啊，妳功課那麼好，就算待在這裡，也不用擔心大學吧。這個世界怎麼這麼不公平呢？留學什麼的應該讓我去，這樣我才有更多寫小說的題材，哎呀，我難道不能代替妳去嗎？」

素羅的夢想好像是當小說家，那大有真呢？

「妳跟媽媽說過妳不想去了嗎？」

大有真如此問道。我搖搖頭，我都從家裡逃出來了，她大概也知道了吧。

「這麼說來，妳都沒有跟爸媽說過，就鬧脾氣從家裡跑出來嗎？果然是溫室裡長大的花朵。」

素羅把身體靠在椅背上這麼說道，彷彿在表示自己是田野裡的雜草一樣。

「妳們懂什麼？我的媽媽一次也沒有站在我這邊過，她也從來不會聽我的意見。」

這些話我還是第一次說出口，一講出這些話，我頓時感到一陣哀傷，眼淚滴滴答答地掉進小碟子裡，素羅慌忙抽出餐巾紙遞給我，她們就這樣坐在一旁等我哭完。哭了好一陣子之後，我擦了擦眼淚，又擤了一下鼻涕，哭過之後，鬱悶的情緒好像平復不少。大有真問道：

「妳現在想要做什麼？」

真是奇怪了，我明明沒有說話，今天大有真的眼睛卻好像能看穿我內心深處的每個角落，難道她在這段時間以來都是這樣，只是我沒有察覺到嗎？還是她變了呢？不管怎樣，我的心裡覺得很舒服。

「不知道，我只想要一路玩到天黑。」

至於天黑以後要做什麼，我想等到時候再說。

「那有什麼難的，走吧。」

素羅站起身來，爽快地如此說道。

「可是我身上的錢只有這些……。」

我把口袋裡的錢掏出來放在桌子上，之前存下來的零用錢都拿去上課學跳舞了，所以身上有的錢已經所剩無幾。

「滿多的啊，那麼飯錢就用這裡的錢來付吧。」

大有真拿起餐桌上的錢。

我們進市區四處閒晃，就是我去伊卡洛斯上課時，為了打發時間獨自遊蕩的街道，就像當時一樣，我們拍了大頭貼、玩了跳舞機，還跑去逛街，三個人一起做這些事情，感覺時間的流速也快了三倍，明明沒有什麼大不了的事情，也足以讓人開懷大笑，只有在這一刻，我才能夠忘記自己是從家裡逃出來的孩子，我好像知道為什麼大家老是喜歡成群結隊了。

當夜幕開始降臨，我悄悄擔心起她們會不會說要回家，畢竟她們可以毫無顧慮地回去但是我可不行，加上離家出走的懲罰，搞不好我會像素羅說的那樣被剃掉頭髮，又或者明天就要立刻搭上前往美國的飛機。

腳瘦了坐在路邊的長椅上休息的時候，大有真看了看手機。

「差不多該回家了吧？」

我真正想說的，其實是「不要回家，拜託妳們跟我待在一起」，但是要做出這樣的請求並不容易。大有真嘆了一口氣，把手機拿給我們看。

▼妳翹掉補習班現在人跑到哪裡去了？趕快回我電話！！！

是大有真媽媽傳來的簡訊，看樣子她一直都沒有接電話，也顧不得補習班的事情。

「我還從補習費拿錢出來花，如果被媽媽發現的話，搞不好會被趕出家門。」

大有真指指剛才買的帽子。

「對不起，這都是我害的……。」

雖然嘴巴上這麼說，但是大有真回不了家讓我鬆了一口氣。

「我的媽媽倒是不會把我趕出家門，大概會直接殺了我吧。我的牛仔褲和可樂也是從補習費掏錢出來買的。」

素羅舉起可樂罐給我們看，我們也正在喝素羅買來的飲料，一時之間，我們三個人都陷入各自的思緒中。一想到她們最後會回家，我就感到害怕與孤獨。素羅首先打破沉默：

「喂，在小說或電影裡，這種時候不是都會流浪去某個地方嗎？我們也試試看怎麼樣？」

聽到素羅的話，原本灰暗的內心頓時充滿亮光，我滿心期待地轉頭看看大有真和那游移不定的眼神對視，她看起來似乎依然像個小孩子。

「好，我贊成。」

我在桌子底下握緊了拳頭如此說道。素羅和我看看大有真，她的臉上也流露出了義無反顧的光芒。

「好，我正好有充分的理由去流浪，哪裡還有比失戀更明確的理由呢？」

大有真輪流看著我和素羅如此說道。失戀？她交男朋友了嗎？我的腦海中浮現出大有真在放假前那閃閃發光的神情。

「沒錯！只顧著小有真闖禍的事情，都忘記大有真最近失戀了，失戀這麼重大的事件，當然有充分的理由離家出走啦。那麼我們就以友情之名出發去流浪，從現在把手機關掉，開始當隱形人吧！」

素羅一臉嚴肅，就像在舉行什麼儀式一樣，毅然決然地率先關掉手機。聽到素羅說出「離家出走」這個詞，大有真失戀的事情一下子被我拋在腦後，我的內心再次顫抖起來。一直以來，我都認為離家出走是無藥可救的問題兒童做盡各式各樣的壞事，在傷透父母的心之後才會採取的最終行徑，而這種離家出走的行為，我現在居然準備付諸行動，不對，在剛剛逃出來的時候，我不就已經這麼做了嗎？

「我們要去哪裡呢？」

「海邊！」

我想去看海，我總覺得只要看到大海，心裡就會平靜一點。

「好，就決定去海邊了。今天晚上出發去看海，明天傍晚再回來怎麼樣？不過要去哪裡才好呢？東海？西海？南海？」

素羅一臉雀躍地看著我們。我以為離家出走是要永遠離開家裡，聽到她說明天傍晚就回來，我感到有些驚慌失措。她們現在根本不是要離家出走，而是在計畫去旅行。當然，因為沒有跟家裡說就跑出來，所以都會面臨嚴重的後果，不過她們的處境和想法與我還是有根本上的不同。「如果要永遠離開的話，下一步該怎麼做呢？」我假裝沒有聽到這句從心底傳來的疑問。

「正東津怎麼樣？據說那是離大海最近的車站，我前年冬天和阿姨她們家一起去那裡看過日出，聽說是個很有名的地方，也有在連續劇裡出現過，甚至還有以演員的名字命名的松樹。」

「我家姊姊也跟朋友們去玩過兩天！聽說火車站一出來就是大海了，那是真的嗎？」

大有真和素羅顯得非常興奮。

「我們當時是開自己的車去的，好像是買完入場券後穿過候車室才到海邊。如果是搭火車去的話，應該一下車就是大海了。我們就決定去那裡吧！小有真，妳覺得怎麼樣？」

只要能看到大海，哪裡都無所謂，至於離家出走的期限和型態，姑且就等到出發之後再來思考吧！畢竟我也可以一個人不要回來，不過這個方案光是想像，就讓人感到害怕與淒涼，為了掩蓋這個想法，我連忙加入她們的對話。

「我去過塞班島和關島之類的地方，但是幾乎沒有在國內旅行過，所以不是很清楚，不過我覺得離大海最近的火車站聽起來很棒。」

聽到我說的話，素羅握緊了拳頭。

「妳這個賤貨！要是以前的話，我早就讓妳吃不完兜著走了。」

素羅笑著說出了這句話，喚起我在教育旅行時的記憶，當時帶有侮辱性的「賤貨」這個詞，如今聽起來卻有幾分親切。要是我在去教育旅行之前，可以跟大有真和素羅打好關係的話；要是我可以跟她們住在同一個房間的話；要是可以這樣的話，我的教育旅行或許會留下截然不同的回憶。

在素羅的提議下，我們去了一家網咖，一方面是為了查詢前往正東津的方法；另一方面如果有時間的話也可以玩一下遊戲。聞到香菸臭氣熏天的味道，大有真和素羅紛紛皺起眉頭，要是她們知道我會抽菸的話，會有什麼樣的表情呢？看到她們興奮不已地瀏覽著網頁，就像是暑假準備出去玩一樣，我的心中那股把她們牽扯進來的愧疚感漸漸消失了，而且乖巧懂事的她們看起來也不想回家，這點著實讓我感到安慰。在放假之前我還認為她們很沒教養，如今卻覺得她們乖巧懂事，我的立場實在是太矛盾了。

話說回來，大有真說她失戀了，指的是什麼事情呢？仔細想一想，我不僅不知道這件事情，對於這兩個女生，我幾乎一無所知，我竟然會打電話向這樣的人求救，這真是太奇怪了。

開往正東津的火車是從清涼里站出發，有一列無窮花號正好在晚上十一點半出發，第二天清晨就可以抵達。

「原本還缺睡覺的地方，真是太好了。我們只要在火車上睡一覺，下車後看個日出，接著再去吃早餐就可以啦。」

好像沒有什麼事情難得倒素羅，所有事情都如同預先計畫好般順利進行。

或許是由於假期結束，再加上今天是星期一，所以火車沒有那麼擠。很幸運的是我旁邊的座位是空的，所以我們把椅子轉過來，面對面坐下。

「除了教育旅行以外，我好像還是第一次在這個時間待在外面。」

與大有真肩並肩坐在一起的素羅伸出腳放在我剛才坐過的椅子上，一臉興奮地如此說道。在考試期間，我也曾經在補習班待到超過這個時間，但是現在和當時的心情截然不同，而且如今我還是不敢相信，我們竟然要自己搭火車去流浪，這是我在今天早上完全想像不到的事情。

我們買了海苔飯捲、魷魚和飲料來填飽肚子，接著嬉笑打鬧了大約兩個小時，在話題差不多告一段落的時候，素羅一邊打哈欠一邊說道：

「孩子們，姊姊現在可以睡一下嗎？帶著兩個純真的小朋友到這裡來，我可是費盡千辛萬苦，簡直快累死了。火車會把我們安全地載到正東津的，所以妳們也放心地睡吧。」

說完這段話沒過多久，素羅就睡著了，留下我跟大有真兩個人獨處，由於不知道應該怎麼把話題接下去，因此氣氛顯得有點尷尬。我把頭靠在椅背上假裝準備睡覺，但是各種想法交織在一起讓我的腦袋一片混亂，所以根本產生不了任何睡意。

本以為我會就這樣一直醒著，結果好像還是睡著了，因為感覺到身體往旁邊傾斜，我猛然睜開眼睛，結果看到大有真也在睡覺。其他的乘客似乎也都睡著了，甚至還能聽到打呼聲。原本跟大有真的頭靠在一起的素羅，身體漸漸往旁邊傾斜，最後腦袋咕咚一聲撞在窗戶上，我原本以為她會醒過來，結果她還是繼續睡。少了地方可以倚靠的大有真，腦袋左右搖晃了後就往走道那邊的扶手傾斜過去，我脫下開襟外套，放在扶手上給她當枕頭，在看到她那被淚水打濕的臉頰時，我不禁嚇一大跳，我還以為大有真睡得很安穩，沒想到她竟然在哭，好像是做了什麼夢。畢竟她沒有回家，心裡也不可能有多自在，看來這都是我害的。

「有真啊，有真啊。」

我輕輕把大有真搖醒，感覺就好像在叫我自己一樣。大有真睜開眼睛，站起來張望了四周，她的表情似乎分不清楚這是夢還是現實。

「要不要過來這裡？好讓素羅可以睡得舒服點。」

聽到我這麼說，大有真看了看一頭撞在窗戶上睡覺的素羅，改坐到我的旁邊，我則讓素羅躺在椅子上。素羅就像躺在自己的房間裡睡覺一樣，甚至還說了夢話。

大有真擦了擦眼眶，我把礦泉水遞給大有真，猶豫一下才開口說道：

「妳好像做惡夢了，對不起，這都是我害的……。」

大有真喝了一口水，回答我說：

「沒有那回事，是我夢到建宇了。」

「建宇？」

「嗯，是我之前的男朋友。對了，妳應該也認識他，他跟我們上同一間幼稚園。」

我依然想不起幼稚園的那些同學，如果我還記得建宇的話，現在就可以跟大有真聊些什麼了。我沮喪地嘆氣。

大有真再喝了一口水，接著突然又嗚嗚咽咽地啜泣起來。我陷入遲疑，不知道該怎麼辦才好，只能摸摸大有真的後背。她哭了好一陣子，明明是大有真在哭，我卻感覺好像是自己在哭一樣，她就彷彿另一個我。過了一會兒，大有真擦擦眼淚問道：

「妳到現在還是什麼都想不起來嗎？」

「也不完全，我有想起一些零碎的片段。」

「但還是想不起建宇嗎？」

我點點頭。要想找到所有遺失的碎片拼湊出完整的記憶拼圖，似乎仍舊遙不可及。大有真開始說起自己有多麼喜歡建宇，和他交往時有多麼幸福，火車駛過好幾個隧道，我們的話題也不斷持續下去。

另一個我

外頭不知道從什麼時候下起了雨，每當火車駛過有路燈亮著的地方時，就可以看到雨滴打在窗戶上，畫出一條條的斜線。我一個人醒著，出發時的興奮感已經不知道消失到何處，唯獨剩下惆悵的心情。這種感覺就好像不是我離家出走，而是在家裡醒來之後，發現家人們丟下我一個人，全部消失不見一樣。

我想到媽媽。媽媽現在怎麼樣了呢？她想像得到我正坐在開往東海的火車上嗎？回去之後該怎麼解釋才好呢？如果說是因為小有真不願意回家，不得已只好捨命陪君子的話，媽媽會原諒我嗎？但如果說是由於小有真的緣故，聽起來就像在找藉口，要是建宇沒有說要跟我分手的話，我還會跟小有真一起搭上火車嗎？我實在沒辦法信心滿滿地果斷回答這個問題。

如果我的身上沒有發生過那些事情，大概也不會因為小有真的一通電話就跑過去。只是在我想要大鬧一場的瞬間，小有真剛好就出現了，大部分的事情都是這樣，把錯推給對方也好，把錯推給別人也罷，但終究還是自己的選擇。畢竟比起將責任歸咎於自己，還是把錯推給別人心裡比較輕鬆，所以大家才會這麼做，這麼說起來，運氣不好的或許反而是小有真。要是我和素羅沒有跑過去，她的問題總會在家裡獲得解決，那麼我們大概也不會搭上這列夜間火車了，感覺把事情鬧大只會把她害得更慘，我開始有點後悔慫恿小有真到這裡來。

我低頭看看靠著我睡著的小有真，從臉上的表情來看，她在夢裡也沒能放下自己的包袱。我不得不承認，我的內心深處也一直背負著這些包袱，只是我還沒有那麼深切地感受到而已。一直以來就算是在跟我最要好的素羅面前，我也對於當時的事情隻字不提，從這點就看得出來確實如此。

聽到我說起建宇媽媽講的話時，小有真緊緊握住我的手。雖然那雙手一直瑟瑟發抖，不過比起媽媽的憤怒和素羅的擁抱，我總覺得獲得更多的安慰，她就彷彿另一個我。我也握住小有真的手，她的手又小又鬆軟，在我手裡的感覺就好像一隻翅膀受傷的小鳥，我把臉頰貼在她的頭上，這麼一來我們就可以彼此依偎著睡去，這似乎也不是件壞事，沒什麼值得後悔的，我就這樣沉浸在朦朧的睡夢中。

「孩子們，我們快到了，該起床了！」

我睜開眼睛，看到素羅一臉興奮不已地指著外面，火車上準備下車的人們也開始騷動起來。

「妳們看那邊，是大海！」

窗外的一片大海映入眼簾，雖然雨已經停了，但是風好像還是很大，所以海浪捲得很高，海灘上人們的頭髮和衣角也被吹得胡亂飛舞著。雖然我是第二次來到這裡，但是不知道是由於天氣還是心情的緣故，總覺得猶如第一次那般陌生。

「小有真，快起來。」

我叫醒倒在一旁蜷縮著睡覺的小有真，猛然醒過來的小有真帶著不安的神色環顧著四周。

「我們快到海邊了！」

聽到素羅說的話，小有真望望窗外，我看見她那雙大大的眼睛裡充斥著滿滿的海。

我們三個擠在人群中下車，或許是因為長時間以不舒服的姿勢坐著，我們感到渾身僵硬和痠痛，一下火車就趕緊陸續伸了個懶腰。迎接我們的是海洋的氣息與猛烈的強風，我的手臂一下子起了雞皮疙瘩。原本期待能夠目睹在電視上看到的那種令人感動的日出，但是太陽卻被烏雲給遮住了。

「哇啊！那就是大海啊！」

素羅張開雙臂不停大喊著，似乎是想要擺脫陰鬱的心情。我們紛紛朝著大海奔去，在沙灘上留下腳印。看到乾燥的沙子，我才發現這裡好像沒有下過雨，不知道是因為陰沉的天空還是霧氣的緣故，看上去灰濛濛的大海彷彿準備大鬧一場般蠢蠢欲動，高高捲起的浪花也酷似大海忍不住猛然騰空而起的心，比起平靜的大海，我更喜歡這種足以觸動心底的景色。我們在沙灘的盡頭停下腳步，望著大海陷入沉思，素羅的聲音摻雜在風聲中傳了過來。

「像這樣站在這裡，我才知道為什麼要把青春期形容成『疾風怒濤』，看看這風和海浪，簡直就如同我的心境一樣。」

素羅就像個旁觀者一般活在這個世界上，無論在什麼時候，她都是一副悠然自得的樣子，從她的嘴裡竟然會聽到這樣的話，真是令人意外。如果把素羅畫進一幅風景畫裡的話，我的腦海中還會浮現出夏日裡的她躺在涼爽的樹蔭下打滾的模樣，但她竟然說這猛烈的強風和澎湃的海浪就如同她的心境一樣，明明身為姊妹淘和素羅形影不離了整整三年，我卻還是沒有完全了解素羅。

那麼小有真呢？我的腦海中不能馬上浮現出適合她的畫面，或許是因為我從她的身上看到各式各樣的樣貌，所以沒辦法固定在單一的形象上。在我的記憶中，小有真是一個眼睛大大的小公主，到了十五歲再次見面的時候，是功課很好的模範生，在那之後，是她頂著一頭藍髮在舞臺上跳舞的模樣，接下來是現在和我待在一起的小有真，她在風中瞪大眼睛望著大海。在她們的眼中，我又會被描繪成什麼樣的形象呢？

我再次將目光投向大海。天空上的烏雲奔湧翻騰，大海放任白色的波浪露出獠牙撲面而來，兩者竟有幾分相似。在地平線附近的天空與大海早已模糊不清，根本分不清哪裡是天空哪裡是大海。難道那就是我的模樣嗎？如同我們所有人身處混沌時期的歲月一般。

難得營造出氛圍，大家紛紛陷入沉思的時候，素羅高聲打破靜默。

「孩子們，就算看不到太陽，我們也要遵守望著大海吃早餐的計畫，我們去買碗泡麵來吃吧。」

沙灘上有推車攤販在賣泡麵、茶、沙漏等，泡麵散發到海邊的味道，簡直讓人口水直流。

「我們吃完泡麵之後再喝杯咖啡吧。」

聽到我這麼說，小有真點了點頭，她的嘴唇都發紫了。

我們心裡一邊期待著熱騰騰的湯，一邊朝著手推車直奔過去。點了碗泡麵之後，我打開書包準備掏錢出來，卻遲遲找不到裝錢的信封袋。昨天在買火車票之前，我們決定把各自身上的錢都拿出來湊在一起，由我來保管。小有真的錢在小吃店結帳的時候全部花掉了，所以是我和素羅的補習費加起來的總和，我們決定先花這些錢，最後再把剩餘的錢分成兩半。雖然買了火車票，把錢花在了各式各樣的東西上，不過信封袋裡還有很多錢，在火車上買零食的時候，那些錢明明還在的。我將書包反過來，把裝在裡面的東西倒在沙灘上，結果只掉出了補習班教材、鉛筆盒、小冊子之類的東西，沒有裝錢的信封袋。我的內心頓時沉了下去。

「怎麼辦？找不到，好像被別人偷走了。」

我好想哭，小有真的表情也跟我一樣。素羅臉色發白，發出了一聲慘叫。

「耳機！」

素羅口中的耳機是寶拉姊姊高中入學時拿到的禮物。

「寶拉沒有拿出門，所以我就偷偷帶來了。畢竟是名牌，音質果然也不一樣。」

我在搭火車過來的時候，也有用那副耳機聽音樂，正如素羅所說的，或許因為是著名的廠牌，所以聲音也與眾不同。

素羅手忙腳亂地翻找書包，直到把耳機掏出來她才鬆了一口氣。明明朋友正在為了找不到裝錢的信封袋而著急，素羅卻拿著耳機表現出一副慶幸的樣子，我頓時產生了一種遭到背叛的感覺。

「話說回來，錢都弄丟了，該怎麼辦才好呢？」

素羅恍若事不關己般如此說道。素羅不是說被偷了，而是說弄丟了，這讓我感到很傷心，因為她講得好像都是我的錯。總而言之，我們淪落成窮光蛋。

「同學們，泡麵快好了。」

阿姨如此說道。我驚慌失措地看了看倒滿水的泡麵。畢竟是我讓錢被偷走的，所以就算很丟臉，還是應該由我來承擔挨罵的責任。

「那個……」

我懷著想哭的心情開了口。

「等一下！我們昨天在火車站有買餅乾，找回來的零錢說不定在我身上。」

素羅如此說道。我想起在買火車票的時候，有拿一萬元[11]鈔票給素羅，要她去買餅

11譯註：本書中的貨幣單位均爲韓圓，新臺幣與韓圓匯率約爲一比四十。

乾回來。素羅的這句話宛如穿過烏雲現身的曙光，我熱切祈禱素羅忘記找錢給我，素羅一臉像在挖金礦般從口袋裡掏出了錢，跟著跑出來五百塊硬幣掉到了沙灘上。我迅速拿起被差點被沙子吞噬的硬幣，沒想到五百塊在我的人生中會具有這麼重大的意義。

「有多少？夠付泡麵的錢嗎？」

加上差點弄丟的硬幣，我們好不容易湊齊泡麵的錢。猶如接受女王賜予的食物的平民般，我們懷著惶恐的心情接過了泡麵，各自小心翼翼地拿著泡麵走到一個安靜的地方。

「這就是我們最後的晚餐啦！吃飯皇帝大，不管怎麼樣，我們先好好吃一頓再說吧。」

素羅端起泡麵看了看，隨後掀開蓋子吃起來。急忙掀開蓋子的我和小有真四目相接，小有真的表情看起來還是一臉快要哭出來的樣子。

「素羅說的沒錯，等到吃完再來擔心吧，麵泡爛了就不好吃了。」

雖然我嘴上對小有真這麼說，但是自己卻沒什麼胃口好好吃泡麵。補習費是媽媽在超市裡辛苦工作賺來的錢，連腿都腫得鼓鼓的。當然，我雖然用這些錢出來旅行，但是並沒有打算把它們通通花光。我本來是計畫留點錢帶回去，請求媽媽的原諒，就算省下我的零用錢，也要把這筆錢補上，而且小有真也說她以後會把自己花的錢還給我。然而，別說是留點錢帶回去了，我們現在連回家的車費都沒有，錢全都被偷了，我們還在颳著強風的海邊蹲著吃泡麵。一想到這裡，我的眼淚落進泡麵裡。

泡麵是我們所選的夢幻美食，我們是真的很想吃泡麵，但是把錢弄丟之後，泡麵反而成了反射我們悲慘處境的寒酸食物。我把吃到一半的泡麵放下來環顧四周，在海邊漫步的人們臉上掛著無憂無慮的笑容，我好羨慕他們，明明都是搭同一列火車來的，卻只有我的錢被偷，真是讓人鬱悶。

我偷偷看了看小有真和素羅，她們都在認真地吃著泡麵，畢竟比起負責保管錢又讓錢被偷走的我，她們的責任比較小，所以心情大概也沒有這麼沉重。對於小有真來說，那堆錢裡本來就沒有一分錢是自己的，她呼呼地吹著氣，甚至連湯都喝下去了。素羅該不會是要我賠所有弄丟的錢吧？我不由自主地產生這樣的想法，所以吃得更慢了。畢竟不知道什麼時候可以吃到下一餐，我狼吞虎嚥地吃完泡麵，沒等她們吃完，就把碗丟進垃圾裡。過了一會兒，小有真才連同素羅的碗一起拿去丟掉。

「該怎麼辦才好呢？」

一剩我們兩個人，素羅就這麼問我。

道。

「什麼？」

總覺得素羅的話聽起來像在追究把錢弄丟的責任歸屬，所以我沒好氣地如此反問

「我們現在除了跟家裡聯絡以外，沒有其他辦法了。」

素羅拿起手機給我看。雖然內容和我猜想的不一樣，但是對我來說，這句話的意思也差不多。她的意思大概是說，既然是我把錢弄丟的，就應該由我來負責聯絡，可是我打死也做不到。雖然我沒有得到允許就跑出來，但是依然渴望能夠安然無恙地結束，向家人證明這趟旅行絕對沒有白費。在經過無數的隧道奔向黎明的時候，我雖然在睡覺，但是也想了很多，總覺得要把自己迅速成長的模樣展示給家人看，我的旅行，不對，是離家出走，就應該像這樣圓滿落幕才對。好不容易搭火車連夜跑過來，卻因為把錢弄丟導致整個旅行計畫泡湯，我不可以就這樣打電話給媽媽。

「我做不到，我真的做不到。」

我抱住膝蓋拚命搖頭。在打開手機的瞬間，就好像打開了潘朵拉的盒子，彷彿媽媽會跳出來抓住我的頭髮一樣。小有真把泡麵的碗丟掉以後走回來。

「我們現在只能跟家裡聯絡了，妳覺得呢？」

素羅這麼問小有真。我抬頭看看站著的小有真，我們之所以會來到這裡，決定性的原因還是在於小有真，是她說想來看海不想回家的，如果不是小有真，我們昨天大概就已經去補習班順利報名完了，現在這個時間也會像往常一樣迎接美好的早晨。我把在火車上的想法拋到腦後，再次埋怨起闖進我的人生帶來麻煩的小有真。小有真一臉困惑地低頭看著地面。

「也是，打電話對妳來說應該更為難吧。我知道了，還是讓我來吧。」

素羅像是下定決定般如此說道。

「妳沒關係嗎？」

我的臉上感到火辣辣的，總覺得自己就像能清楚看見沙子滴落的沙漏一樣，可以讓人一眼看透內心的想法。

「我也沒有勇氣打電話給我媽，就算是在電話裡，她大概也會殺了我，所以我打算先傳簡訊給姊姊。」

「妳要傳什麼？」

「我現在人在正東津，錢都被偷了，趕快帶著車費來接我回去，應該就像這樣吧。」

素羅深吸一口氣，接著打開手機。

「我們先告訴寶拉姊姊，請她一個人過來吧。」

如果可以的話，我想要盡量推遲跟大人見面的時間，先從寶拉姊姊那裡了解一下情況，在回家的路上做好心理準備。

「我媽要忙著顧店，所以除非我死了，否則即使不這麼做，她也來不了，只能希望回到家之後不會再次被趕出來。哎呀，我收到了一大堆語音訊息和簡訊。」

我們坐在素羅的身旁看著簡訊，都是寶拉姊姊傳來的。其中有一則簡訊長這樣：

▼有眞也在那裡嗎？有眞媽媽要我問說妳們三個人是不是待在一起。

「小有真，妳媽媽好像聯絡了大有真的媽媽。」

聽到素羅的話，小有真的臉色都發青了。素羅回傳簡訊說我們三個人在一起，接著馬上關掉手機。

「我們沒有道理要先挨罵對吧？」

素羅的想法跟我一樣，反正早晚都要挨罵，等到以後再來面對也不遲。

原本待在火車站候車室的我們再次走向海邊，在把我們的情況告訴寶拉姊姊後，總覺得暫時鬆了一口氣，不管回去以後會遇到什麼困難，現在都只要等到那個時候再說就好了，畢竟寶拉姊姊就算馬上出發，也要到下午才趕得過來。

和我們一起下火車的人一離開，沙灘就變得鴉雀無聲，或許是由於天氣惡劣，人潮漸漸散去，連手推車的攤販也紛紛撤離，空蕩蕩的海邊上只剩下海鷗和我們。看海很快就膩了，但是因為身無分文，所以我們也去不了別的地方，只能等著挨罵，總覺得時間過得好慢，簡直快無聊死了，而且由於風聲的緣故，就連想要聊天都不太容易，不過候車室實在是太擠了，還要看站務員的臉色，沒辦法在那裡大聲喧譁，於是我們還是選擇坐在海邊，覺得冷的時候再跑到候車室，就這樣來來回回打發時間。

即便如此，一想到有人會來接我們，我和素羅都鬆了一口氣，不過小有真的臉上依然掛著一副即將面對世界末日的表情。也對，畢竟小有真是在遠比我們都還要糟糕的情況下離家出走的。

我坐在海邊，抱住小有真的肩膀，身體簡直像凍住一樣僵硬。素羅把插著手機的耳機塞進耳朵，接著朝我遞出了另外一頭，我用眼神指了指宛如石像般坐在一旁的小有真，總覺得如果不做點什麼的話，她好像會直接凍在原地。素羅走到小有真身旁坐下，把一邊耳機遞給她，小有真開始跟素羅分著聽同樣的音樂。

或許是為了讓我可以一起聽，素羅哼起了從耳機傳出來的歌，是〈亞特蘭提斯少女〉，藍色頭髮的小有真曾經跳過這首歌。歌詞的開頭在好奇遙遠的海洋盡頭有什麼，與購物中心的戶外舞臺比起來，與我們此時此地的情境聽起來更為吻合。我隔著小有真和素羅的眼睛對視，我們有著同樣的想法。素羅將戴在自己耳朵上的耳機也塞進小有真的耳朵，接著讓小有真站起來，把自己播放音樂的手機放進了小有真的口袋。小有真就像個木偶一樣跟著素羅移動，把身體交給了素羅。

「小有真，妳教我們跳舞，讓我們擺脫舞痴吧。」

素羅對小有真如此央求道。

「對呀，我們練習一下跳舞，校慶時去參加才藝表演吧。」

雖然我也站起來這麼慫恿小有真，但是她卻像顆石頭般，一動也不動，反正有的是時間的我們就這樣等著小有真的心動搖。小有真獨自聽了一會兒音樂，接著把耳機從手機拔了出來，寶兒的歌聲也傳到了我們的耳朵裡，素羅看著我眨了眨眼睛。

小有真的身體跟著節奏擺動起來，我們都忘記要學跳舞的事情了，只是盯著小有真看，舞蹈漸漸把她帶到另一個世界，小有真原本僵硬的臉上開始泛出生機，她不再是從家裡逃出來的孩子，也不是翹掉補習班去舞蹈練習室上課的孩子，更不是想不起小時候親身經歷的孩子。她跳舞不是為了反抗，也不是為了自虐，更不是為了自暴自棄，她只是因為喜歡跳舞而跳舞的孩子。

看到小有真完全沉浸在舞蹈中的模樣，素羅和我也興致勃勃地跟著她跳起來，跟她比起來，我們根本是在亂跳一通。素羅和我一邊模仿對方跳舞，一邊哈哈大笑，原本沉浸在自己的舞蹈中的小有真也加進來，我們在空蕩蕩的沙灘上瘋狂大笑和尖叫，搖晃著身體，隨風飄曳的頭髮和衣角彷彿也在與我們共舞。

「我的天，這群臭小鬼，都把家裡都搞到天翻地覆了，居然還有心情在這邊給我跳舞，跳什麼跳啊！」

聽到有人衝過來朝著我們大喊，我們嚇了一大跳，停下了舞步，是素羅的媽媽。還沒來得及搞清楚狀況，就有人跑來抱住了我，即便是在海風中，那股再熟悉不過的氣味依然朝我撲鼻而來，是媽媽的味道。

「有真啊！哎呦，有真啊！」

媽媽不停地哭喊著我的名字。

「媽媽！」

我也哭著撲向媽媽，但是我沒辦法鑽進媽媽的懷抱裡，因為我的個頭比媽媽還要高大。於是我抱著媽媽，用臉頰蹭了蹭媽媽的頭頂，我的眼淚沾濕了媽媽的頭髮。

「妳這孩子，這是怎麼一回事？妳知道我有多麼擔心妳嗎？」

是爸爸，我萬萬想不到，竟然連爸爸都來了。

「爸爸和媽媽怎麼都來了，難道你們不用去上班嗎？媽媽如果翹班的話，就領不到獎金了。」

我鬆開媽媽，用充滿鼻音的聲音如此問道。

「妳這個丫頭，獎金是問題嗎？現在都什麼時候了！妳還好吧？沒有什麼事吧？」

媽媽淚眼汪汪地撫摸著我的臉，媽媽的臉在一夜之間變得宛如新月般蒼白。看到媽媽這副模樣，我的鼻子不由得再次感到一陣酸楚。

「沒有，不對，啊，補習費被我弄丟了……。」

我吞吞吐吐地細聲說道。

「妳平安無事就好，那樣就行了。」

爸爸拍了拍我的後背。旅行，不對，是離家出走的我沒有變，反倒是爸媽都變了，在一夜之間，爸媽就變得無限寬容和溫柔，就彷彿爸媽也去了趟長途旅行一般。

我站在爸爸和媽媽中間，看到素羅媽媽正在沙灘上跑來跑去，試圖要抓住素羅，可是素羅逃得飛快，簡直不敢相信她是平時那個慢吞吞的孩子。跑著跑著累得癱坐在沙灘上的素羅媽媽脫下拖鞋，用力朝著素羅丟過去，但是紫色的塑膠拖鞋並沒有打中素羅，素羅撿起媽媽的拖鞋，她沒有繼續逃跑，而是走向了媽媽。素羅媽媽搥了幾下素羅的後背，接著一把抱緊了素羅。後來素羅告訴我，她看到媽媽那隻拖鞋的鞋底都已經磨光了，覺得自己不能再這樣跑下去。

「我有打電話給建宇媽媽，也獲得她的道歉了，雖然不知道她是不是真心的，不過總之她有跟我說對不起。如果妳出了什麼事情的話，我絕對饒不了那個女人。有真啊，妳以後再也不要為了那種人而感到難過了。」

媽媽撥著我的頭髮如此說道。看來媽媽大概是以為，我是因為建宇而大受打擊，所以才會離家出走的，那也就不難推測出爸爸媽媽對我這麼寬容的理由了。不過即便知道理由，寬容的意義也不會就此消退。正如同我的心情時時刻刻都在變化一樣，大人們也是如此。我願意相信爸媽心目中對我的愛，就像今天的天空雖然被烏雲蓋住了，但是我依然不會懷疑太陽在背後散發著燦爛的光芒，因為我已經感受到了。

「媽媽，我以後不會再這樣了，我什麼事也沒有。」

我抱著爸爸的腰和媽媽的肩膀破涕為笑，如果是我是因為失戀而離家出走的話，聽起來可能會更有戲劇性，但可惜的是並非如此。雖然不知道幼稚園時的事件會對我將來的人生產生什麼樣的影響，但是我以後再也不會為此受到傷害了，不對，是即使受到傷害，我也有把握戰勝它。

我的目光落到小有真身上，她像個雕像一樣僵直在原地，凝視著一個地方，在她視線的方向，站著一個與小有真的氛圍相似的阿姨。當我們擁抱在一起哭泣，互相埋怨笑罵，上演感人的重逢戲碼時，她們母女倆只是站得遠遠的，彼此不停凝視著對方。

大海的伊卡洛斯

我們從火車站走出來，步向停在停車場的車子，在這段時間裡，媽媽一句話也沒有說。大有真宛如凱旋歸來的將軍般，兩邊分別挽著爸爸和媽媽；素羅母女倆經過了一陣追擊戰，最後又變得和樂溫馨；媽媽與我宛如陌生人般分開走著，雖然地上鋪了人行道的地磚，但是我總覺得好像走在沙漠裡一樣，腳步深深地陷在裡頭。

「既然都來了，就吃頓生魚片再走吧，反正過中午市集應該都開了。」

到了停車場以後，大有真的爸爸如此說道。

「她們又沒有表現得多好，還買那麼貴的生魚片給她們吃，路上在休息站買碗烏龍麵吃就好了。」

素羅媽媽這麼說道。

「哎呦，我們好不容易吃了碗泡麵之後就一直餓到現在，而且我還是第一次吃到那麼難吃的泡麵。」

素羅如此碎碎念道。

在知道錢弄丟了之後，我總感覺自己好像一個罪人，幾乎吃不下泡麵，為了不讓她們察覺才假裝吃完。吃不到一半的泡麵沒有被消化掉，一直待在我的肚子裡，自從看到媽媽的瞬間，它們就開始蠕動起來，所以一想到食物，我就覺得快吐了。

「畢竟還有很長的路要走，所以我們打算隨便找個地方吃。有真媽媽您的想法怎麼樣呢？」

大有真的媽媽朝著我的媽媽如此問道。

「如果一起回去的話，還要麻煩有真爸爸為我們費心，不如我們這次就各自回去吧。今天真的非常感謝，我回去以後再聯絡您。」

媽媽這麼說道。大有真的爸爸正準備說些什麼，結果大有真的媽媽戳了戳他的側腹。

「如果您覺得這樣比較方便的話，就這麼辦吧。那麼我們就原地解散，晚點再聯絡吧。」

大有真一家人和素羅家坐上有真爸爸開的車先離開了，在上車之前，大有真和素羅相繼過來抱了我一下。

「妳到家以後一定要打電話給我，知道了嗎？」

大有真的眼神就像在撫摸著我一樣。

「妳不用擔心，難道有人會殺了自己的孩子嗎？我們在學校見吧。」

素羅在我的耳邊如此竊竊私語道。我的心情就像要與她們永遠分開一樣空虛，不過另一方面，有朋友要跟我講電話，還有朋友要跟我見面，這點讓我感到很安慰。

大有真家的車離開停車場後，媽媽打開我們家的車門。

「上車。」

這是今天媽媽對我說的第一句話，我再次成了孤零零的一個人。

我坐在前座，偷看了一下媽媽坐上駕駛座的臉，她完全沒有化妝，我從來沒有見過媽媽素顏出門，眉毛稀疏、唇線模糊的臉上不知道為什麼看起來空盪盪的。媽媽是因為心裡太著急才會連妝都沒化就跑來找我嗎？看到心中那顆期待的種子萌發，我趕緊把它碾碎，告訴自己不要抱有任何期待。

車子駛出正東津，我透過側邊的後照鏡看著漸漸遠去的風景，搭了一整晚的火車，大清早就來看海的記憶似乎也離我愈來愈遙遠。雖然是我說想要看海才來這裡的，但實在是不怎麼美好，沒有原本期待的藍色大海，也沒有翻滾的白色波浪，更沒有燦爛奪目的晨曦，等待著我們的只有陰沉的天空、凶猛咆哮的大海和狂暴的強風。大有真和素羅原本要繳補習費的錢也弄丟了，這一切似乎都要怪我，我感到非常愧疚，再加上如今只能動彈不得地乖乖跟著回家，我總覺得好像快要窒息。

當素羅把耳機戴在我的耳朵上時，從裡頭流瀉出來的音樂讓我喘了一口氣，湧入我內心的歌聲宛如氧氣般，幫助我得以呼吸和動彈。我和她們一起放聲大叫，笑到肚子痛，又像是要把一切一掃而空般盡情跳舞，彷彿世界上只剩下我們一樣。我這才體悟到，只要和朋友們待在一起，陰沉的天空、凶猛的大海和狂暴的強風也足以成為特別的回憶。

媽媽之所以會來，似乎是為了把我與這些事物隔離開來，就如同小時候一樣，她好像準備再次奪走我的記憶。如今我好不容易才漸漸意識到，自己所知道的世界並非全部，可是媽媽卻又試圖要來破壞。

車子沿著大海奔馳著，根據道路的形狀和位置，大海一會兒緊貼在旁，一會兒下沉，一會兒又保持在低處，不停地跟著我們走，但是無論走到哪裡，大海總是在咆哮著。媽媽一句話也不說，她的沉默重重地壓在我的心頭上。我的內心深處有好多渴望一吐為快的話，當沉默的包袱愈是沉重，那些話就如同大海般愈發蠢蠢欲動。

「為什麼要那樣對我！妳當時為什麼要那樣對我？明明就不是我的錯，為什麼要那樣對我！」

當我再也忍受不住的時候，我猶如尖叫般如此大喊出來。「吱嘎」──車子猛然停下，我驚慌失措地注視著媽媽，媽媽一臉茫然，彷彿失去靈魂般，緊接著後方「叭叭」地響起了一片憤怒的鳴笛聲，媽媽這才似乎回過神來，把車開到路邊。我跳下車，發現我們在一堵懸崖邊上，波浪不停地拍打著懸崖，湛藍色的大海翻騰湧動著，好似身體撞在懸崖上長出瘀青一樣。我感到一陣混亂，不知道剛才是真的有發出聲音大喊，又或者只是我的想像而已，我回頭看了看車子，發現媽媽正把臉埋在方向盤上。

我站在原地一會兒，接著回到車上，媽媽這才重新發動了汽車。連續兩天都沒有睡好覺，再加上出於激動一直處於緊繃狀態的我，就這樣在不知不覺間睡著了，也不曉得睡了多久，當我再度睜開眼睛時，才發現車子停在了海邊，彷彿本來就沒有人一樣，整個海邊空蕩蕩的，而且車裡也只有我一個人。我的內心瞬間籠罩在一股恐懼中，總覺得自己好像被拋棄了，原來媽媽趕來找我，就是為了要把我丟掉。

懷著惴惴不安的心情，我尋找起媽媽的身影來，這才發現媽媽站在岩石上，看起來彷彿隨時都會被風吹走一般危險。我打開車窗望著媽媽的背影，這還是我第一次盯著媽媽看這麼久，畢竟媽媽從來就沒有給過我這樣的時間。

隨著烏雲消散探出頭來的太陽在轉眼間已經逐漸西沉，風也變得溫和許多，看來我不只是打了個盹，而是睡了很久。媽媽就宛如岩石的一部分般站在那裡，一看到她的身體動起來，我連忙把身子靠在椅背上斜眼偷看，媽媽的腳底下凹凸不平，她正小心翼翼地從岩石上走下來。我很好奇她是怎麼理解我剛才說的那句話的。

媽媽坐上車，雖然看到我已經醒來，但是她一句話也沒有說，只是重新發動車子。看著這些路標和地名，有的我有聽過，有的是我第一次看到，不過共通點在於，我都不知道它們在哪裡。媽媽轉動方向盤，往右邊的路切進去，指示牌上還寫著什麼「浦口」。到達浦口以後，我發現有好多漁船停泊在這裡，還有一座相當大的市集，感覺充滿了活力，而且空氣中還夾雜著一股與海邊不同的魚腥味。

「我們在這裡吃點東西再走吧。」

這段時間沉澱下來的肚子已經有點餓，在這種情況下肚子竟然還會餓，真是讓人感到不可思議。我跟著媽媽下車，水產市集裡餐廳林立還擺滿了塑膠桶，裡頭裝有各種活跳跳的海鮮，我們走進其中一家店，在點餐的時候媽媽順帶點了一份活章魚。媽媽竟然會點活章魚，媽媽假裝沒有看到我吃驚的眼神。

被切成一塊一塊、還在蠕動的活章魚率先端上來。

「吃吧。」

媽媽拆開木筷的包裝如此說道。活章魚的吸盤黏在盤子上頑強抵抗著，媽媽夾起一塊沾了沾芝麻油醬，一口放進嘴裡。和媽媽四目相交時，她用眼神示意要我快吃，但我反而沒了食慾。一直以來，我都沒有看過媽媽吃東西吃得這麼津津有味的樣子，在奶奶整天嘮叨的話裡面，有一句就是在罵媽媽的吃相很沒福氣。

「在一個經營事業的家庭裡，要是女人的吃相那麼不雅觀，到手的福氣也會被趕跑的，嘖嘖！」

此刻的媽媽簡直就像一個餓好幾天的人，大口大口地吃著活章魚，彷彿她不是來接我，而是來吃活章魚的一樣。不久之後，媽媽把空盤子推到一旁，自言自語般說道：

「我在懷妳的時候，不知道有多想吃活章魚……。」

畢竟他們是貧窮的新婚夫妻，在和父母斷絕關係後，似乎連買活章魚的錢都沒有。一想像他們當時的處境，我的心頭就湧上一股強烈的懊惱感，甚至勝過了「如果能在去教育旅行之前跟大有真和素羅打好關係就好了」的那種悔恨的情緒。我不只想回到教育旅行之前，而是想乾脆回到在媽媽肚子裡的時候，回到那個時候重新開始，重新……。當我在吃鮑魚粥的時候，媽媽泡了兩杯餐廳裡擺放的三合一咖啡來喝，明明她在家裡都只喝自己親手研磨的手沖咖啡。

吃完尷尬的一頓飯後，我們再度上車出發，大海也繼續陪著我們，車子就這樣駛過首爾方向的指示牌。由於墨鏡的緣故，我看向媽媽卻看不出她的表情，逐漸沉落的夕陽散發出紅色的餘暉。

媽媽把車停在了駱山海邊的一家飯店前面。

「我們今天就睡這裡吧。」

我本來還以為媽媽是要買什麼或是有別的事情要辦，所以嚇了一大跳。媽媽平時不是那種想到什麼就做什麼的人，絕對是預先計畫好也得到爸爸或奶奶的同意才來的。或許這是在把我送到美國之前對我最後的溫柔，也可能媽媽是接到任務要安撫我乖乖去美國，該怎麼辦呢？我的腦海中浮現大有真和素羅的臉，我就是因為不想被送到美國所以才會離家出走，現在又更不想去了，好不容易交到朋友，我可不想要跟她們分開，重新回到一個人孤零零的生活，這樣的想法推開了一切的理由。

媽媽率先走下車，從後車廂裡拿出了背包，很明顯她是計畫好才來的。看到我一動也不動地坐著，媽媽打開靠我座位這一側的門叫我下車。如果她跟我說，她願意原諒我去學跳舞也願意原諒我離家出走的事情，但是要我乖乖去波士頓的話，我該怎麼辦呢？我想要再跟大有真和素羅認真談一談，也想和熙貞姊姊商量，她們會說什麼呢？在我感到鬱悶和茫然的時候，能夠想到有這三個人在，這點讓我的心裡覺得很踏實。

在櫃檯領到客房鑰匙的媽媽走在前面，進到房間首先映入眼簾的，是唯一的一張床。自從我想起當時的記憶，就再也沒有和媽媽睡過同一張床了。媽媽走到陽臺那一側的門一口氣掀開窗簾，看到填滿整片玻璃門的大海，接著把帶來的背包放在桌子上。

雖然和媽媽一起睡覺很尷尬，不過後來想想，我還是先洗個澡，畢竟身體一直在吹海風，頭髮也濕漉漉的。

「妳要先洗嗎？」

媽媽從背包裡拿出我的內衣和睡衣放在床上。媽媽是以什麼樣的心情在打包這些行李的呢？我從媽媽的臉上看不出她的心情。

我拿著衣服走到浴室，一看到浴缸，心裡就湧上了一股渴望，想要把身體泡在溫暖的水中。如果可以的話，除了洗澡，我還想要把過去的記憶全都洗個一乾二淨。我打開熱水，脫掉衣服，蒙上一層霧氣的鏡子看起來很模糊，我猶豫了一會兒，用手掌擦擦鏡子，鏡子裡出現幼小的我，媽媽刷洗著我的身體，刷到像是恨不得把我的皮剝下來一樣，只要我一哭，媽媽就會打我。「啪啪！」臉頰宛如現實般疼痛，緊接著各式各樣的幻影亂哄哄地朝我撲上來，彷彿它們早已聚集在此等待我的到來。

「啊啊！」我一邊大叫，一邊癱坐在地上。

「怎麼了？」

門猛然被打開，媽媽的身影被水氣所蓋住，看起來霧濛濛的。

「妳出去，出去！」

我緊緊蜷曲著身子大喊，不想讓媽媽看到我的身體。媽媽遲疑一下還是關上了門。我並沒有進到浴缸裡而是選擇沖澡，雖然任憑水柱打在身上好長一段時間，但是我依然什麼也忘不了。

洗完澡後我穿上了睡衣。這是一套袖口和褲腳都帶有蕾絲的粉紅色睡衣，不知道笑我是小公主的大有真和素羅看到以後會說什麼。如果能夠待在一起就好了，一想到她們，我不由自主地露出微笑，懸著的一顆也心平靜下來。

洗完澡走出浴室看到媽媽的時候，我嚇了一大跳。媽媽坐在桌子前正喝著啤酒，我從來沒有看過媽媽喝酒。媽媽好像點了客房服務，桌子上還有一堆食物。

「妳過來坐這裡吧。午餐太晚吃，所以我就簡單點了些東西。」

我站了一會兒，接著用毛巾包著頭，走到媽媽對面的座位上。桌子上有湯、麵包、水果、飲料等等，肚子裡的鮑魚粥還沒有消化完，我默默地解開毛巾，吹乾頭髮。

自從在正東津的海邊見面後開始，媽媽從來沒有詢問我的意願，只是按照自己的想法行事，既然如此，媽媽倒不如不要來，乾脆叫我擠上大有真家的車子回去就好了。和媽媽待在一起根本無法溝通，只會讓我覺得更加孤獨和難受。媽媽到現在還是不懂得顧慮我的心情，看起來反倒是因為平常都被綁在家裡，所以就拿我當藉口，享受屬於自己的時間。沉默持續許久，要是有別的房間，我早就起身走人了。喝完三罐啤酒後，媽媽才開口說道：

「我和妳外婆通過電話了。」

我頓時覺得腦袋繃得緊緊的，在看到我剛才宛如慘叫般的吶喊後，看來媽媽終於打算要回答我的問題。我的胸口撲通撲通地跳，還聽到媽媽喝的啤酒「咕嚕」地順著喉嚨滑下去的聲音。我等待著媽媽的回答。

「當時發生在妳身上的事情……，不是只有妳……才經歷過的，所以妳沒有必要再次為了那件事情感到痛苦和徬徨。」

媽媽的聲音聽起來硬邦邦的，連外面傳來的海浪聲都不如，絲毫沒有觸動到我的心。事到如今才在解釋這些，還不如為了離家出走的事情把我教訓一頓算了。我噗哧地笑出來，與其說是在笑媽媽，不如說是在嘲笑自己，竟然還稍微期待了一下。我和媽媽的眼神對視，這次我沒有躲開她的視線。

「媽媽妳覺得我是因為那件事情才會這樣做的嗎？」

我懷著輕蔑的心情如此說道，彷彿塞在牙縫中嚼了兩下就吐出來。媽媽注視著我，流露出一副「難道不是那樣嗎？」的眼神。

「在我知道自己身上發生過那種事情之前，我一直覺得媽媽可能是我的繼母或者爸爸可能是我的繼父，因為唯有靠著這種想像，我才能夠忍耐下去。」

媽媽像是手沒抓好一樣，讓啤酒罐滑落在桌子上，受到這股衝擊，泡泡噴出來流到外面。

「剛開始想起那些記憶時，知道自己遭遇到那樣的經歷，雖然讓我感到很痛苦，但是我大可以像大有真一樣，當成被瘋狗咬一口就算了，畢竟那件事情也不是我的錯。但是真正讓我無法忍受的，是當時媽媽妳對我說的話還有對我做出的行為，在不知道為什麼的時候，我還以為是自己做了什麼壞事，所以才會受到這樣對待。我之所以會把媽媽當成繼母，就是為了說服自己相信這就是原因，因為不這麼做，我實在是無法理解媽媽的態度，只能想著『繼母還願意這樣對待自己，已經算是很好了』，一直以來，我都是這樣一邊安慰自己，一邊活著。」

長久以來積壓在心底的話語不假思索地湧出來，每一句話說出口的時候，都彷彿拔掉插在胸口的釘子一樣，既讓我覺得痛快又讓我感受到劇烈的痛楚。那些釘子朝著媽媽飛去扎在她的身上。媽媽的眼睛消失了，那個地方只剩下黑暗和深沉的空洞；鼻子也消失了，留下的是會呼吸的窟窿；在嘴巴消失的地方，牙齒猶如玉米粒般嘩啦嘩啦地傾洩下來。我直勾勾地盯著那張彷彿失去靈魂的臉看，「砰砰」地敲打著那些扎進去的釘子。

「在聽到和我遭遇相同經歷的孩子對我說『那不是妳的錯』的時候，妳知道我的心情是怎麼樣的嗎？我什麼都想不起來，還以為自己犯了什麼滔天大罪，一路這樣活過來，妳怎麼會明白我的心情！」

我看到媽媽被釘子扎得碎裂開來，似乎再這樣下去她就會消失得無影無蹤。我的心情就好像拳擊手一樣，雖然贏下比賽，但是眼皮卻已經痛到睜不開，看不見躺在地上的對手，嘴唇也腫脹得說不出勝利的喜悅。

我整個人撲向床，把被子蓋到頭頂上，嚎啕大哭起來。彷彿沉寂已久的悲傷無休無止地交織在淚水中，接著過了不久，我就睡著了。

我和朋友們一起在海邊跳著舞，既快樂又幸福，但是掀得像山那麼高的海浪突然湧過來，我們開始逃跑，海浪化成爸爸、奶奶、幼稚園園長追了上來，就好像要襲擊我一樣，但是我的腳卻陷在沙子裡動彈不得，眼看快要喘不過氣來，「有真啊」、「素羅啊」——我喊起朋友們的名字，接著被自己的聲音嚇得驚醒了過來。我感到筋疲力盡，彷彿失去全身的力氣，床上只有我一個人。

只有開小夜燈的房間裡透著淡藍色的微光，或許是因為陽臺的門開著，總覺得冷颼颼的，媽媽依然坐在桌子前，看起來宛如幽靈一般，沒有什麼真實感，結果媽媽和我並沒有睡在同一張床上。

「……現在幾點了？」

我朝著媽媽如此問道，讓媽媽想起我的存在。

「差不多五點左右。」

媽媽用沙啞的聲音如此回答道，接著又仰頭喝起啤酒，桌子上堆滿空罐子。我坐了起來，五點了？一個晚上就這樣過去了，我的怒火好像又快要湧上來，住了一整個晚上，媽媽所做的事情，就只有對我說「當時發生在妳身上的事情不是只有妳才經歷過的，所以妳沒有必要再次為了那件事情感到痛苦和徬徨」這一句話，還有不停地喝酒而已，完全沒有講出任何一句我真正想要聽到的話。

「妳難道以為，我就過得很輕鬆嗎？」

好像讀懂了我的心思一樣，媽媽如此開口說道。媽媽的身體顫抖著，我靠在床頭上，抱著膝蓋盯著媽媽看。

「對我來說，那件事情……，也是很恐怖的，就是這樣。」

我感到哭笑不得。在遇到事故頭破血流的孩子面前，媽媽現在嘴上說的「妳遇到事故實在是太恐怖了」根本是在無病呻吟，難道她是想要逃避責任嗎？我倒想看看媽媽能逃到哪裡去。好長一段時間，房間裡只聽得見海浪的聲音。

突然間，媽媽從椅子跌坐到地板上，讓桌子上的罐子倒下來，啤酒也都流出來。

流淌在桌子上的啤酒嘩啦嘩啦地滴落在地上，坐在地板上的媽媽看起來就如同灑出來的啤酒一般，已經沒辦法恢復到原來的模樣了。

「對不起，對不起，有真啊！」

媽媽用拚命擠出來的聲音如此說道，接著捂住了胸口。聽到媽媽這句話後，我意識到自己真正想要的不是道歉，也不是解釋，我所渴望的是再平常不過的事物，就像昨天在正東津看到的大有真和素羅媽媽那樣，在擁抱和責罵的同時給予教訓和關愛。

媽媽開始發出奇怪的聲音，一點都不像我所認識的那個媽媽的聲音，當我發現這個聲音是哭聲的時候，我的內心百感交集。

媽媽哭了，因為我。媽媽正為了我而哭泣，當我感覺到媽媽的眼淚流進我的內心深處時，我頓時慌了手腳。

「當初知道那件事情的時候，我真想殺了那個混蛋，妳爸爸也氣得暴跳如雷，嚷著說要殺了那個混蛋。」

我想像不出那樣的情景，如果是大有真的父母，而不是爸爸媽媽，反而還比較好想像。即便如此，交織在媽媽的眼淚中流入我內心深處的那些話語，似乎撫慰我四處被劃破而瘀血的創傷。

「對不起，有真啊。媽媽應該保護妳到最後一刻的……。好吧，說是為了妳好，才讓妳退出和忘掉那件事情，這些都是謊話，其實這都是為了我自己，是我不願意承認，自己女兒身上發生那樣的事情，所以我就威脅妳，甚至還打妳，強迫妳忘記。」

身為一個善良的女兒，即使媽媽只跟我說過一次，我也就真的忘記了，但是又不是真正遺忘，那段記憶一直隱藏在心底的某個角落，在聽到大有真說出那些話的瞬間，它們又突然跳出來，一直纏著我不放並不停地折磨我。

「我把妳的相簿裡面在那之前的照片都刪掉了，我就是這樣把妳的記憶給刪除的。我總是很擔心，如果對妳有特殊待遇，會不會讓妳想起當時的事情，如果跟妳親密到可以分享一切，妳會不會問起當時的事情，所以我也感到很混亂，不知道應該怎麼對待妳。」

媽媽止不住地顫抖著。

即便如此，命運還是安排我遇見大有真，讓我想起那件事情。我覺得還是記住比較好，就算傷口疼痛難忍，最好還是留在記憶裡讓它癒合。正如同熙貞姊姊說的那樣，無論是要轉化為勳章，還是要放著千瘡百孔的疤痕不管，既然是自己經歷的遭遇，就要靠自己走出來，而爸爸媽媽應該站在我這邊默默在一旁守護我。

「爸爸他，在知道妳已經想起當時的事情以後……很後悔動手打了妳。我和爸爸認為，如果妳將來出人頭地，即使想起當時的事情，也不會對妳造成太大的痛苦，畢竟我們相信不管是誰，只要知道了，難免都會在背地裡說閒話，沒辦法不帶異樣的眼光來看妳，所以在看到妳誤入歧途的時候，我們更是不能接受。」

媽媽吃力地說出這段話。

如果不要一味地試圖隱藏和掩蓋，一起治療這些傷口的話，那該有多好。要是當時能夠給傷口吹吹風、晒晒太陽，傷口或許就像外婆說的樹木上的樹瘤一樣堅固地癒合。我呆呆地望著媽媽。

「我們當時之所以會離開，並不是想要逃跑……，我知道應該跟其他人一起堅持到最後把那件事情解決，但是妳爸爸覺得妳之所以會發生這樣的事情，都是貧窮所造成的，他相信如果送妳去好一點幼稚園，就不會發生這種事情了，所以如果想要保護妳的話，就得要回到爺爺的庇蔭下，當時懷上有善的我也聽從妳爸爸的意思。」

我的腦海中浮現出一對年輕夫妻的模樣，他們沒有能力自行解決發生在自己面前的事情，只好尋求可以投靠的地方並選擇妥協，我的父母原來是這樣的人。讓我感到沮喪的是，原本宛如一堵巨大牆壁的爸爸媽媽，竟然是無比脆弱的人。

被酒勁徹底沖垮的媽媽漸漸開始語無倫次接著倒在地上睡著了。在原本把我困住的迷宮裡彷彿有一堵牆崩塌，對我來說，這是最堅硬也最嚴厲的一道牆。我猛然想起自己曾經在水槽的內側看過酒瓶，本來還以為是爸爸喝的酒，但那或許是媽媽躲起來喝的，就像我偷偷抽菸一樣。當我半夜經過客廳準備去廁所的時候，看到媽媽失魂落魄地坐在暗處喝的那些茶和水，搞不好實際上也都是酒。

我看著媽媽好一陣子，接著把床上的棉被都蓋在她的身上，媽媽蜷縮成一團昏睡著，宛如一隻經過長途旅行而疲憊不堪的鳥兒，看起來既嬌小又柔弱。我蹲坐在媽媽旁邊，腦海中浮現出媽媽大口大口地吃著活章魚的模樣。媽媽或許也想回到自己的肚子裡還裝著第一個孩子——也就是我的時候，所以才會希望能夠重新開始，就像我一樣。

媽媽吸氣吐氣的聲音聽起來好似長長的嘆息，我小心翼翼地把手放在媽媽的胸口上，稍微遲疑才摸了摸媽媽的胸部，那裡摸起來又小又柔軟。當我看到有善和有美被抱在媽媽的懷裡吸奶的模樣時，我的心裡有多麼羨慕，但我也曾經像她們一樣，緊緊抱住媽媽的奶水不放，大口吸食著媽媽的愛，就算我想不起來，也不代表沒有這回事，我的確也是曾經備受爸媽疼愛的孩子。

我走出陽臺，昨日咆哮了一整天的大海，現在卻宛如廣闊的草坪一樣安靜和平和，彷彿即使我就這樣邁出步伐，大海也會穩穩地將我托住。新的太陽正冉冉升起，陽光均勻地照耀著天空和大海，雖然太陽每天都會從水面上浮出來，但是這顯然已經不是昨天的太陽了。伊卡洛斯明明知道用來黏翅膀的蠟會融化，明明知道自己會死，卻還是不停地往上飛，最後掉進了大海。

在清晨的陽光中，伊卡洛斯重新站了起來，他正準備再次飛行，知道那對翅膀是由傷痛匯聚而成的我，全心全意地祈禱他能夠在天空上翱翔，相信即使再次落下，他也會高高地飛起。

作者的話

獻給有真與有真

我現在正在重新書寫〈作者的話〉，因為第一次寫好的那篇文章被拒絕了。我請女兒先讀看看，她跟我說那篇文章和小說沒有直接的關聯，就跟標準答案一樣。除此之外，編輯也表示，那篇文章的內容跟我寫在其他書裡的「作者的話」在架構上根本天差地遠，這簡直都能寫成頭條新聞了。兩個人都給出相同的意見。

其實我也知道那篇文章會被這樣解讀的原因，畢竟我之所以會寫小說，真正的理由就是因為小說是不會如實敘述的文體，現在我想要來談談長期以來沒能坦白的故事。

《有真與有真》是我成為作家二十年來寫的第一本青少年小說，之所以會寫這部小說，其實是為了我的女兒，我的女兒在八歲的時候，曾經經歷過和兩位有真相同的遭遇。當時我們住在農村裡，在學校放學回家的途中，她遇到一位叔叔要騎摩托車載她。在那個時代，還沒有教小朋友要對陌生人保持警戒，也沒有實施兒童性犯罪預防教育，所以我的孩子也不疑有他接受了叔叔的好意。

當我得知女兒遭到猥褻時，我感到非常憤怒，同時也感到十分自責，總覺得這好像都是我的錯，是因為我叫孩子一個人回家，又沒有教導孩子要對陌生人保持警戒，才會發生這樣的事情，但是比起我的情感，保護女兒更為重要，所以我必須打起精神。我查到諮商中心的電話號碼詢問他們，父母應該怎麼處理才好？諮商人員表示，很多時候孩子們根本就不知道自己經歷的遭遇是什麼，如果父母表現出情緒化的反應，反而可能給孩子留下深刻的印象，讓他們覺得這件事情很嚴重，所以他們告訴我要沉著應對。

我真誠地告訴女兒「那不是妳的錯」、「爸爸媽媽依然愛妳」，接著還報警，但警察卻認為女兒遇到的事情沒什麼大不了的，叫我們自己去抓犯人。因為沒能抓住那個混蛋將他繩之以法，老公和我都懸著一顆不安的心，只能在女兒不知情的狀況下親自去找他。有人說有個衣著樣貌相同的人在隔壁鎮上的學校周圍晃來晃去，聽到這個消息，老公潛伏好幾天，終於逮住那個混蛋，把他交給了警察。

接到老公的通知後，我立刻趕到派出所，問他犯人是誰，沒想到坐在椅子上長得再平凡不過，甚至看起來有點善良的中年男人竟然就是那個混蛋。在老公指認出他的那一刻，我情不自禁地拿起放在桌子上的蒼蠅拍，朝著那個混蛋揮了下去。

「你這個王八蛋！」

這是我活到那時生平第一次講出來的髒話，一下、兩下、三下，當蒼蠅拍斷掉時，警察攔住了我。本來就正在以相同罪名緩刑中的那混蛋雖然進了監獄，但是我沒有告訴女兒這個事實，因為我擔心她會覺得自己經歷的遭遇是很嚴重的事情，嚴重到需要把騎摩托車載自己的叔叔送進監獄。

女兒在那之後的生活沒有什麼問題，但是我偶爾還是會偷偷摸摸地搜尋性暴力受害兒童可能產生的後遺症等等，心裡感到忐忑不安。當她青春期到來時，雖然飽受擔憂與焦慮的折磨，但是我還是不敢向女兒提起這件事情。如果我平白無故地講出來，會不會重新喚醒她原本遺忘的記憶呢？要是後來她的傷痛因此加重，又該怎麼辦呢？

我決定在我的第一部青少年小說中講述我想對女兒說的話，這就是我寫下《有真與有真》真正的理由。在書寫小說的過程中，我也終於放下長期以來懷抱的自責與不安。

書籍出版後，在演講或採訪中，我時常被問到以兒童性暴力受害者為題材的動機是什麼，我每次都把女兒出生時發生的兒童性犯罪事件拿出來當成動機，講得好像這只是從新聞和報導中獲得的題材，而不是我親身經歷的遭遇。我甚至還會強調自己想要藉由兒童性暴力受害者的題材，講述關於青少年在日常生活中會經歷的暴力與傷痛，每當有經歷過與有真相同遭遇的讀者寄信過來時，我也會回覆一模一樣的話。

這個回答並不是在說謊，被我拿出來當作書寫小說動機的那些事件，也為身為女性、有女兒的媽媽和作家的我帶來巨大的衝擊，讓我下定決心總有一天要寫出與此相關的作品，而且我也希望《有真與有真》能夠超越兒童性暴力受害者的題材，擴展成一個具有普遍性、與「傷痛」有關的故事。

不過曾經有好幾次，我也想過要把女兒的事情和盤托出。

在遇到「如果作者您的女兒身上發生和有真一樣的事情，您會怎麼做呢？」這樣的提問，抑或是有經歷過與有真相同遭遇的讀者寄信來吐露心聲的時候，我往往會遲疑，可最後還是選擇閉口不談，因為對於我的女兒來說，這件事情明明不是自己的錯，卻要遭到充滿偏見和歧視的眼光，想必她可不願意；在我們的社會上仍然有很多人會要求性暴力的受害者就要像個受害者一樣，甚至對受害者質問其錯誤。

我之所以能夠在〈作者的話〉敘述寫下《有真與有真》真正的理由，都是多虧了我的女兒，這個孩子現在已經長成光明磊落的帥氣女性，無論何時何地，都可以說自己想說的話，做自己想做的事情而活下去。我們有時候還會聊到當時爸爸終於逮到犯人，媽媽一邊破口大罵一邊揮舞著蒼蠅拍，最後把那個混蛋送進監獄裡的故事，同時還哈哈大笑。

我的女兒曾經說：「媽媽打從一開始就告訴我，那不是我的錯，而且爸媽都給了我更多的愛，爸爸也抓到加害者將他繩之以法，所以那件事情根本沒有對我留下任何委屈和傷痛。」她也說過：「如今那件事情就像在玩耍時跌倒般，不講我根本就不會想起來。」她還對我說：「請把這個事實告訴大家。」

另一個有真與有真啊，妳所經歷的那些遭遇並不是妳的錯，不管在妳身上發生過什麼事情，妳都是世界上最珍貴、最可愛的存在，無論身處任何環境中，都不要忘記這個事實。

二〇二〇年　深秋

李琴飈

有真

有真

小說精選
有真與有真

2023年5月初版　　定價：新臺幣380元

著者	李琴颸
譯者	李煥然
叢書主編	黃榮慶
校對	吳美滿
內文排版	王君卉
封面設計	鄭婷之

出版者	聯經出版事業股份有限公司	副總編輯	陳逸華
地址	新北市汐止區大同路一段369號1樓	總編輯	涂豐恩
叢書編輯電話	(02)86925588轉5307	總經理	陳芝宇
台北聯經書房	台北市新生南路三段94號	社長	羅國俊
電話	(02)23620308	發行人	林載爵
郵政劃撥帳戶第0100559-3號			
郵撥電話	(02)23620308		
印刷者	文聯彩色製版印刷有限公司		
總經銷	聯合發行股份有限公司		
發行所	新北市新店區寶橋路235巷6弄6號2樓		
電話	(02)29178022		

行政院新聞局出版事業登記證局版臺業字第0130號

本書如有缺頁，破損，倒裝請寄回台北聯經書房更換。　ISBN 978-957-08-6895-1 (平裝)
聯經網址：www.linkingbooks.com.tw
電子信箱：linking@udngroup.com

國家圖書館出版品預行編目資料

有真與有真/李琴颱著．李煥然譯．初版．新北市．
聯經．2023年5月．280面．13×18.8公分（小說精選）
ISBN 978-957-08-6895-1（平裝）

862.57 112005002